阡陌红尘,只为等你。
素心安暖,淡守流年清欢。

————

Love you
until
the last breath

———————

看一场烟花的绚烂，守一段细水长流的平淡，

穿越千年尘埃，与你相依相暖。

倾一城烟花，伴一世清欢

解晚晴 著

南海出版公司
2016·海口

图书在版编目（CIP）数据

倾一城烟花，伴一世清欢 / 解晚晴著 . — 海口：南海出版公司，2016.10

ISBN 978-7-5442-8485-1

Ⅰ.①倾… Ⅱ.①解… Ⅲ.①散文集—中国—当代 Ⅳ.① I267

中国版本图书馆 CIP 数据核字（2016）第 201023 号

QING YI CHENG YANHUA, BAN YI SHI QINGHUAN

倾一城烟花，伴一世清欢

作　　者	解晚晴
策划编辑	王可飞
责任编辑	张　媛　白聪响
封面设计	优纳创意
出版发行	南海出版公司
	电话：（0898）66568511（出版）（0898）65350227（发行）
社　　址	海南省海口市海秀中路 51 号星华大厦五楼　邮编：570206
电子邮箱	nhpublishing@163.com
经　　销	新华书店
印　　刷	三河市南阳印刷有限公司
开　　本	880 毫米 ×1230 毫米　1 / 32
印　　张	7.5
字　　数	161 千
版　　次	2016 年 10 月第 1 版　2016 年 10 月第 1 次印刷
书　　号	ISBN 978-7-5442-8485-1
定　　价	29.80 元

南海版图书　版权所有　盗版必究

推荐序 如歌的行板
——解晚晴散文集《倾一城烟花,伴一世清欢》序

史飞翔

"远方有多远?窗外又是什么?行走在阡陌红尘,我们都是孤独的舞者。尽管青春会散场,往事会随风飘散,一些逼仄的凄苦更会阡陌纵横。然而只要心怀希望努力向阳,我们的生活终将会衍生出一片茵茵的芳草。"读着这优美、低婉、凄迷而又略带忧伤的文字,我们感受到的是一颗孤寂、敏感、忧郁,但却不乏阳光与上进的灵魂。能写出如此感性的文字会是怎样的一个人呢?

解晚晴,一个柔柔弱弱、安安静静,且看上去斯斯文文的八零后女子,在尘世的烟火熏染里,却又不甘于日常的平庸和沦陷,于是便把灵魂放逐于文字。有了书香浸染的女子,必然有着内心的笃定和温婉沉静的光芒。解晚晴祖籍陕西镇安,现为陕西丈八文化艺术馆特邀作家,陕西省雁塔区作协理事。先后在红袖添香、中国西部文学社、风起中文网等各大文学网站发表散文诗歌若干,有作品收录在中国文联出版社出版的中国作家丛书第四卷《墨染流年》里。喜欢以散文、诗歌、小说、杂文和文艺评论等多种艺术表现形式进行文学创作。

《倾一城烟花,伴一世清欢》是解晚晴的第一部散文集,记录着作者

多年来在文学园地里"晴耕雨读"的脚印。虽深浅不一,但却清香悠远,如兰,又似菊。《倾一城烟花,伴一世清欢》全书分为六卷,每一卷都有一个诗一样的名字:往事落落,生命如莲;风花雪月,缱绻柔情;心如素简,书香氤氲;青春无痕,成长有声;红尘纤陌,写意山水;细数流年,蓦然欢喜。仅从这些唯美的标题我们就能体会出作者那种"人间有味是清欢"的恬淡心境,下面这段文字便是最有力的证明:"剪裁一段生活的磨砺,做成别在衣襟上的花朵;用一滴智慧的绿水,染一池生命里的清泉;做生活里裂着嘴巴微笑的果子。往事、故人、风景、苦难,都将是丰盈我们生命的养料。用一颗充满感恩的心去触摸流年里的每一场遇见;在叮当作响的尘世烟火里携一份墨染的哲思,寂静欢喜地去穿越生命里的千山万水……"如此具有质感的文字,像清曲,更像国画,美得让人心醉。尽管我与解晚晴仅一面之缘,甚至谈不上交往和了解,但透过她的这些文字,我坚信我们是同一类人——那种因情而生,敏感且多少有些神经质的人。我相信在灵魂的最深处我们是相通的——都是浪漫主义,唯美主义,理想主义。

《倾一城烟花,伴一世清欢》这部散文集不止有人文生活的见解,也有对浪漫风花雪月的细描,当然更多的还是对生活和生命的感触。而作者笔下的这些文字,不止包含了对生活和生命的智慧思考,同样也包含着作者对生活和生命的热爱。人这一生能够自始至终贯穿我们生命的便是爱:爱生活,爱亲人朋友,爱故乡的一草一木,爱历史长河里那些文人墨客身上一些动人而朴素的情怀;当然更应该热爱生命和自己。也正是因为有了爱,我们的生命才会散发出斑斓而璀璨的光芒。比如:作者在《莫将良辰付残垣》一文里这样写道:"在生活面前,我们都是微笑的果实。静看温润如水的日子,世间的万般情缘琐碎,都是丰盈生命的养料。一朵微笑的野菊花在云卷云舒的光影里摇曳妖娆;心灵深处那些缱绻的情思还在青山绿水的柔波里痴缠起伏;而总有一些墨染生香的情怀,会鼓励着我们在人生的旅途中跋山涉水……"生活不只有眼前的苟且,更有诗和远方的田野。细读作者的这些文字,不难发现晚晴是一个集理性与感性为一身的女子;因为在这些文字里不止有尘世烟火的琐碎,也有诗和远方的田野。而生活也正是因为有了这些诗意,才会在众多的磨砺面前,时时焕发出春风吹又生的美好和感动,这是一部让人心怀希望并且温暖而感动的散文集。印象最为深刻的是作者写母亲的那篇文字——《端坐在秋天的门槛上》。其中有这样一段描叙:"遥看秋色已成伤,枫叶浓成愁。此时的家乡,满山遍野已是层林尽染的斑斓;而母亲的两鬓却被无情的岁月,摇曳成银色的绝响,让人凝噎成伤。很多颤抖的酸楚,或许只有经历过事实地浸泡,才能更懂其中的苦涩。"这样的描写,既透露着对现实的心酸,也流露出了作者心底诗意的情怀。

这部文集之所以取名为《倾一城烟花,伴一世清欢》,其实更多体现的是作者的一种生活态度。作者说:"清欢是一份难得的境界,它饱含了对生活的无限热爱和深情。无论是一个人行走,还是群居的相邀,每一个走过的足迹里都有很多的感动,用一种浅喜的生活态度去对待每一份遇见,生活本身便成了清欢。把自己活成悲悯的清欢,其实我们悲悯的并不只是尘世的万物,更多的却是自己那颗躁动而无所适从的心。恍惚只是一眨眼的时间,整个世界就静了,从此我们的世界便会如一溪流动的清泉,每天都漾动着常活常新的精彩。而人生一旦拥有了清欢的境界,可以在光阴里穿云破雾,活出一派永远的天真。"纵观整部散文集,写作手法介于写意和写实之间。既有水墨淡彩的诗意描摹,也有事实感悟里的酸甜苦辣。作者以娴熟的笔法在这两者之间自如地进行转换,非常巧妙地把让人酸涩的现实诗意化、情怀化,让我们看到了作者更加丰富的内心世界。用作者原文里的话说,那就是:"无数细碎的日子就这样在可供触摸的烟火里叮当作响,我们风雨兼程地怀抱着残缺,却又义无反顾地栖息着诗意且歌且行……"

散文是什么？散文就是一个人面对自己内心世界时的心灵独语，唯真唯实方能打动人心。解晚晴是一个主体意识特别强烈的人，生性敏感，这从她的文字就能看出。一个人的文字其实就是她的身份证，是她性情的最好诠释。一般来说，主体意识强的人都比较自负，有一种"难于世同"的孤独与寂寞。这样的人强调自我、重视内心精神的自省，这样的人时刻面临思想的剧烈冲突，这样的人更适合写散文。传统意义上的抒情散文在我看来大体可以分为三个层次：感悟层次、心灵层次、生命层次。解晚晴的文字显然已经超越了感悟和心灵的层次，已经抵达了生命的层次，这样的文字已不仅仅是美和励志，更多的是包含着一种人生的沉重和厚实。

（史飞翔，著名文化学者、散文作家、文艺评论家。中国作家协会会员、中国文艺评论家协会会员、陕西省社科院文学研究所特邀研究员、咸阳师范学院兼职教授、文学与传播学院"陕西当代文艺批评研究中心"研究员、陕西省首批重点扶持的一百名青年文学艺术家之一、陕西省传记文学学会副会长、陕西省吴宓研究会副会长、陕西省散文学会秘书长、文艺评论委员会主任。出版作品16部，并多次获得奖项。）

目录

第一卷 往事落落,生命如莲

第一章 人生若只如初见 / 002 /
惊鸿一瞥间,刹那便是永恒。
粉艳褪去,那绿锈斑驳的叹息,是时光赠与人生的留白吗?

第二章 一叶知秋 / 005 /
在那些黄叶蹁跹的坠落里,会有秋天撕裂的阵痛吗?

第三章 一朵一朵盛开的云 / 009 /
花开荼蘼,凋零便是宿命。

第四章 怀抱残缺,栖息诗意 / 013 /
每一个缺憾的所在,或许都将有一个诗意的出口。

第五章　**生如夏花，生命无悔**　　　　　／ 016 ／
努力对生活捧出夏花般的微笑，生命因为极力绽放而更显妖娆。

第六章　**光阴荏苒，情怀如雪**　　　　　／ 019 ／
无论光阴如何浸染，愿我们都是儿时的少年郎。

第七章　**不如怜取眼前人**　　　　　　　／ 023 ／
莫将良辰付残垣，满目山河空念远。

第八章　**一半苍凉，一半火焰**　　　　　／ 026 ／
苍凉和火焰就像交替的日月，轮番出场。
愿我们都能拥有照亮人生的火焰。

第九章　**莫将良辰付残垣**　　　　　　　／ 029 ／
只有活成自己的风景，才是生命里永恒的图腾。

第十章　**时光煮酒，流年生香**　　　　　／ 032 ／
生活里不只有眼前的苟且，还有远方的诗意和田野。

第二卷 风花雪月，缱绻柔情

第一章　藏于岁月深处的暗香　　　/ 038 /
静看流年，爱已成书。
如果时光回转，你还会用一生写下白首不相离的传奇吗？

第二章　望断天涯路，离人迟未归　　　/ 041 /
在远方的远方想你，已成为我今生永恒的主题。

第三章　樱花红陌上，故园两依依　　　/ 045 /
让我们把耳朵贴在如霞的樱花上，
只为了聆听暗藏在花间的秘密。

第四章　一弯新月照你回　　　/ 048 /
一弯淡月是我心灵的眷守，有你的地方就是永远的家园。

第五章　桃红含雨，柳绿春烟浓　　　/ 052 /
曾经春风十里扬州路，今朝谁看拂槛露华浓。

第六章　**月移西楼梦怅然**　　　　　　　　　／ 055 ／
　　　　　是谁在向晚的夕阳下，唱响千年的哀怨。

第七章　**梨花似雪尘如烟**　　　　　　　　　／ 058 ／
　　　　　一夜春风梨花雪，三月长安烟柳绝。

第八章　**花开倾城　刹那芳华为谁舞**　　　　／ 061 ／
　　　　　独上小楼听暮鼓，花开倾城为谁舞。

第九章　**疏影移竹叶惊风**　　　　　　　　　／ 065 ／
　　　　　只有矢志不渝的坚持，才能在优雅的摇曳里与风共舞。

第十章　**还爱着你，是我说不出口的秘密**　　／ 069 ／
　　　　　你若是天边翱翔的那只鹰，我就是离你最近的那朵云。

第三卷　心如素简，书香氤氲

第一章　**爱已凉，情未央**　　　　　　　　　／ 074 ／
　　　　　当往事都成了回不去的旧光阴，
　　　　　谁的叹息还会像秋风一样凉？

第二章　**也说静水流深**　　　　　　　　/ 077 /
　　　　掬一捧智慧的清泉,有一份感动在心底无声地蔓延。

第三章　**爱情,不是魔法游戏**　　　　　　/ 080 /
　　　　我喜欢你只是那恰恰一低头的温柔。

第四章　**你是人间四月天**　　　　　　　　/ 083 /
　　　　你是多少倾慕者心中的白莲,你是无数世人仰望的高山。
　　　　大家知道你有一个更美的名字——你是人间四月天!

第五章　**那朵莲花缓缓开**　　　　　　　　/ 087 /
　　　　荷的风骨,唐诗宋词里婉约,在时光的轮回里不老。

第六章　**心有幽兰香袅袅**　　　　　　　　/ 090 /
　　　　世有幽兰,清香远溢,像极了那年三月爱情里的凄迷。

第七章　**走进故事里的那些倾国倾城**　　　/ 096 /
　　　　在时光面前,再旷世的容颜也会枯萎凋零。

第八章　**美酒淘尽英雄泪**　　　　　　　　/ 099 /
　　　　酒是英雄胆,酒是诗人魂,
　　　　酒入愁肠化作辛酸泪。

第九章　一个人，一座城，一生相随　　/ 102 /
一个人的天涯不再是孤单的称谓，
有你的地方便是温暖的围城。

第十章　醉问夕阳话黄昏　　/ 105 /
很多黄昏的景致，
在一场想象里变得丰腴而生动。

第四卷　青春无痕，成长有声

第一章　岁月迟暮，落落清欢　　/ 110 /
只要你愿意，
每个人都可以活成自己想要的样子。

第二章　六月芳华，倾荷绝恋　　/ 114 /
我是一株纤弱的白荷，在每个孱弱的梦里或沉或浮。

第三章　似水流年　　/ 119 /
在那些静默的回忆里，光阴如一匹柔软而闪光的锦缎。

第四章　**锦年，素时**　　　　　　　　／ 122 ／
　　　　　似锦的年华之后，只剩下一颗朴素的心细看微雨红尘。

第五章　**忧伤的孤独**　　　　　　　　／ 126 ／
　　　　　人说孤独是一种病，是一种明明立足于繁华，
　　　　　却总是感觉到离群索居的孤单。

第六章　**梦的精灵**　　　　　　　　　／ 130 ／
　　　　　迎着阳光，我轻轻地笑了，黑暗永远挡不住光明。

第七章　**一个人，一盏茶**　　　　　　／ 134 ／
　　　　　梳理纷乱的心思，用一盏清茶的韵致来涤荡干涸的心田。

第八章　**飘落在风中的花**　　　　　　／ 137 ／
　　　　　那些回忆会被岁月风干成时光上的坐标。

第九章　**做一个有古意的妖娆女子**　　／ 140 ／
　　　　　坐在时光里回忆往事，任往事悠悠，
　　　　　我自有我的古意和妖娆。

> 第五卷　红尘阡陌，写意山水

第一章　烟雨中的秦淮河　　　　　　／ 146 ／
　　　沉浸在雨雾凄迷的古老城市，
　　　追寻的脚步终于不再是一个久远的梦。

第二章　秋访西湖意悠悠　　　　　　／ 149 ／
　　　同心而离居，忧伤以终老。

第三章　水是眼波横，山是眉峰聚　　／ 152 ／
　　　年少时若懂得桑田变沧海非一日之功，
　　　人生又会少了多少迂回的曲折。

第四章　陪你去看海　　　　　　　　／ 157 ／
　　　以后每年我们来看海吧。
　　　如果这是深情的承诺，我愿意一辈子陪你去看海！

第五章　**烟花三月下扬州**　　　　　/ 161 /
　　　　扬州的春雨细碎无力，
　　　　孱弱得像春天刚刚破土的嫩苗。

第六章　**玉容寂寞泪阑干**　　　　　/ 165 /
　　　　霓裳舞衣里的精彩，还在千年的城头猎猎，
　　　　然而红颜未老魂已断。

第七章　**凤凰山的野菊花**　　　　　/ 169 /
　　　　无论风霜怎么凛冽，
　　　　她依然会张着灿烂的笑脸。

第八章　**一城山色半城湖**　　　　　/ 173 /
　　　　很多人在你生命里悄悄地来又悄悄地走，
　　　　既然来的时候没有打招呼，
　　　　那么走的时候也无需刻意告辞。

第九章　江南，多少梦里行客的眷恋？　　/ 177 /
　　　　徜徉于温婉的江南情韵当中，
　　　　感受着江南那细腻而斑斓的心事。

第六卷　细数流年，寂静欢喜

第一章　那些极具风情的旗袍　　　　/ 182 /
　　　　这一生都在向往美好的路上与光阴僵持，
　　　　等到有一天我老了，还会穿上自己心爱的旗袍。

第二章　秋天里的情景剧　　　　　　/ 187 /
　　　　捡拾几片凋零的落叶，
　　　　并不会为生命的凋零而感到难过。

第三章　坐看云起烹茶时　　　　　　/ 191 /
　　　　把自己浸泡在茶香茶韵的流光秋色里，
　　　　任时光一点点润泽。

第四章 **烟雨湿阑干,杏花惊蛰寒** / 194 /
　　　　伏于寂静黑暗之境,
　　　　集天时、地利、人和于一体,
　　　　顺应时事一惊而起,大展宏图。

第五章 **秋日私语** / 198 /
　　　　我听见秋天跨过季节的门槛,
　　　　无声地徜徉在凉爽的风里。

第六章 **那些不能遗忘的蒲公英** / 201 /
　　　　一旦子女有了新的归宿,
　　　　她们也便完成了自己的使命。

第七章 **在时光里敲击的幸福** / 204 /
　　　　幸福到底是什么颜色的?
　　　　是金色,绿色,蓝色,紫色……

第八章　**端坐在秋天的门槛**　　　　　　／ 208 ／
　　　　　爱在无数的重复和期许的幸福微笑里生生不息。

第九章　**正是一年春好处**　　　　　　／ 211 ／
　　　　　一片春色是我心底生机盎然的花红柳绿，
　　　　　它是希望、是期许、是爱！

第十章　**眉间心上，浮世清欢**　　　　／ 215 ／
　　　　　淡淡的清欢，没了缠绕和纠葛，
　　　　　反而似一株清新淡雅的兰，更加持久芬芳。

第一卷

往事落落,生命如莲

第一章

人生若只如初见

初见的情怀大抵是相同的,今朝玉露一相逢,便胜却人间无数!若是女子便是一树灿烂绽放的梨花,嫣然巧笑的明媚里一定会透着遗世独立的清幽;而男子便会有着儒雅沉稳,睿智淡泊的个性,仿佛立于世中而又出于世外,带给人一种温润如玉般清凉的气息。

你不迟一步,我也不早一步,于熙攘的人潮里那一眼不经意的对望,便惊落了一地的繁华。一些恍如隔世的悸动便会在暗潮汹涌的心海奔腾,此时花开无声,寂静欢喜。生命里很多次偶然就是没有脚本的戏剧;生活里很多对白无须彩排。因为相逢恨晚,三生有幸便是最好的台词。

班婕妤与汉成帝的初见,便是一波三折的戏剧。如果说那时的班婕妤是一树耀眼的梨花,许皇后便只能算得上是一棵蒲柳了。一些初见的惊喜里,班婕妤秉承了梨花的品质,温婉生香,娇而不媚。在君王笑看的恩宠里,却攀之举自然赢得贤美的赞誉。她便沉醉在自己一低头的娇羞里,仿佛自己就是一朵侍儿扶起娇无力的水莲花。那是一个多么悠长清澈而又美好生香的梦啊！只是一回眸的瞬间，成帝的目光对上的是赵氏姐妹的惊艳，仿佛那样的娇媚才是让男子血液奔腾的源泉。

只是一树花开的时间，成帝的初见里全然没了梨花的影子；而那妖娆起舞的姐妹花，便是成帝眼里最迷人的春色。成帝一次次沉醉在那样的娇艳里，而那树梨花早已恍如隔世，纵然她一样的触骨生凉，可在成帝的眼里，诚然只是一件让人晦气生厌的摆设罢了。春色薄暮，成帝还是当初的成帝，班婕妤也还是昔日明眸皓齿的班婕妤，只有时光在人性劣根的轮回里悄然地改变了最初相遇的景象。谁还是谁的谁？谁又会是谁的初见？

夜未央，梨花凉。那曲《团扇歌》仿佛还带着欺雪的寒凉，在一片残花乱飞的轻寒里拖着长长的颤音。玉阶轻凉如水，失宠之后的班婕妤只能是一棵过了花期的梨树，仿佛那静然淡泊的身姿里，还带着沾衣的清纯。只是那独自摇曳生香的境地里，多了一份顾影自怜的幽怨，此生再无微雨燕双飞的雅致。

在成帝花红柳绿的景致里，班婕妤只能用自己退守有序的淡泊来掩饰锥心的伤痛，进而保护自己唯一的尊严。所以我并不苟同美女作家安意如在她的《人生若只如初见》里对班婕妤的解读。倘若世人都能做到飞燕合德之流的媚俗，那世间的女子除了拥有不同的相貌之外，又何来品性之分呢？当然这是题外话。且说班婕妤在那样的境地里，仍然不忘自己当初的情怀：在成帝百年之后，甘愿用一生寂寞来守住成帝化土的身躯。如果成帝泉下有知，又能以何种面目与班婕妤相对呢？

尽管那些情意早已生冷寒凉，就像时隔多年无人问津的青铜器，纵然再用心的拭擦也一样会泛着霉烂的青斑。可在班婕妤的眼中却是心中的至宝，她的初见便是一辈子的执守。试问天下，又有几人能够如此？

相同的是初见的惊喜和惊艳，不同的却是相伴途中意念的转换。有人喜欢一生一心人的相守，譬如说班婕妤、纳兰便是天下人的典范；而更多的人却在花团锦簇、风景无限的畅游里迷失了自己的方向。再譬如说杨贵妃与李隆基，骊山语罢清宵半的浓情蜜意，也终抵不过皇权王朝兴衰来得重要。牺牲了爱人的性命，换来的却只是兴庆宫苟且偷生的凄凉晚景，如若他知道自己日后的结局，会不会后悔自己当初的选择？那一滴滴夜半私语时的梧桐雨，是空阶到天明的寂寞，还会伴着一生的悔恨和后世嘲笑的讥讽。

记住那些初见的美好，例如说一朵浅淡盛开的洁白小花，一条笨拙可爱缓慢爬行的虫子，一个让我们温暖感动的人，一件值得我们为之坚持努力的事业，都是生命的原动力。它会让我们的生活多一份诗意的美好。人生如白驹过隙，我们可以有所为而有所不为，把那些初见的美好盛开成一世的风景，才是生命里不朽的春色！

第二章

一叶知秋

秋天一直都是一个深刻、饱满而又生动的季节,好像从来就没有哪一个单一的词汇,能够形象生动地刻画出秋天的风采和神韵。就如同一个面容精致的女子,裹了一件黛绿色的鱼尾旗袍,款款地行走在落叶纷飞的暮色时分,总能平添无端的神韵和想象。对于秋天来说,我们还有太多太多的词汇可以形容。例如,辽阔、温润、悠远、缥缈、绚烂、深沉,再譬如说忧伤、颓废和苍凉。似乎每一个词汇都能表达秋天给人的感觉,然而又好像每一个词语都不尽然,总是缺少一点秋天应有的况味和灵韵。

大自然的万物皆有灵性,秋天是否来临,那一片片树叶便是最好的见证。如果说"春江水暖鸭先知"是鸭子对春天悄然来临最直观的感触,那么一叶知秋便是一片叶子对秋天来临最好的触觉。每当我们看到漫山遍野的树叶开始泛黄时,自然而然就会想到秋天来了。

"树叶黄了,秋天到了"更是我们儿时脍炙人口的诵读,只是那时还带着童年里朗朗上口的纯真,却不曾对一片树叶和秋天的关系做过更多的怀想。回顾叶子的一生,像极了我们人类的出生与凋零,却又与人类有着本质的区别。春天来了,无数的嫩叶在春姑娘的呼唤下,带着睡眼蒙眬的胆怯来到这个世界,一点点地沐浴在自然的光景当中。它们勇敢而坚强地迎接着风吹雨打,终于一天比一天宽大,一天比一天茂盛。我仿佛听到它们在自然界里欣喜茁壮地成长呐喊……突然有一天,一场猝不及防的秋风无情地将它们扫落了,它们只能毫无生机地躺在潮湿的泥土上,在一场接一场的雨水里腐烂;再然后化作根的养料,积蓄一冬的能量在来年释放。

人活一世,草木一秋。我们无权谴责秋风的无情,自然界的每一种生命都有它的宿命。虽然我无法体会一片绿叶从宛如初生婴儿般娇嫩的模样,蜕变成今天的绚丽多姿,甚至到最终"化作春泥更护花"的养料要经历怎样的风吹雨打和心酸;我亦不知道一片叶的疼痛,因为我不是叶,诚然无法像叶一样去感同身受;然而我却清楚地看到自己从一个呱呱坠地的婴儿,成长为今天的枝繁叶茂,又是经历了怎么样的不易和困苦。一些无以名状的感受就像这个秋天一样:曾经苍凉却也温暖,迷茫忽而豁达,绝望而后重生。尽管有些青涩的苦楚还会在记忆的某个角落里舒展,我知道我的青春其实早已散场,那些忧伤的过往就随着雨打风吹去吧!

无意之中在书中找到一枚干枯的银杏叶书签。那些像青草般葱郁的往事,早已随着光阴的流失,被一寸又一寸的湮没在红尘深处,一如手中这片失去了水份的黄叶。看着手中这枚此时散发着深邃而又迷人色彩的书签,我的内心温暖而又潮湿。或许这就是一片叶子用它历久弥新的经历对我最善意的提醒吧!久久沉醉在这样的馨香里,我的内心充盈而温润。其实每一个生命都无本质的区别，关键看我们如何抉择。不管是作为根的养料，还是化为一枚若干年后还能历久弥新的书签，都已实现了自己生命的价值，又何必在一些伤春悲秋的困苦里纠缠呢？

叶子老了死去了还有来年的新生，而我们人类呢？又有多少重生的机会？人的生命只有短短的一次，一旦死亡便永远无法新生，我们更应该好好地珍惜才对。想想叶子的一生，我们人类又是何其的幸运？虽然叶子的一生只是短短的一秋，却一样活得精彩绝伦；人生再苦短，可我们还有七八十个春秋可以轮回，可是很多人活得却远没有一片叶子绚烂。

仰望着那些像火一样燃烧的枫叶，还有远处黄成一片耀眼的银杏，内心充满了莫名的感动。我多么渴望自己就是那些叶子，哪怕只是一季又何妨？只要能够尽情释放生命里所有的热情，此生便足矣！

走过秋天，你会发现秋天的内容从来都不曾匮乏过，就连一片小小的叶子也会无声地昭示着生命的真谛。很多时候，我们会在麻木的忙碌中熟视无睹，原来匮乏的只是我们的心灵和眼睛。听着秋风挥舞着宽广的衣袖，一点一点地把秋叶扫落抖碎的声音，思绪便也坠叶纷纷了！仰望着那些漫天飞舞的叶蝶，诚然我不是叶，很多叶子的感受我真的无法感同身受，只能带着些许遗憾，在一场无边的想象里去还原叶子的一生。

拾起一片泛黄的枯叶，尽管叶身的水分早已被时光蒸发，可叶身上的每一条脉络都清晰可见。这个黄昏我在与一片树叶的对视里幡然醒悟：其实我们以何种生命载体的形式呈现于世都不重要，每一种生命都有自己的精彩和活法，关键看我们如何抉择。作为人类也会有人类的精彩，我们不必羡慕叶子的多彩和绚丽,只要认真过好生命里的每一天,不虚度每一寸光阴这就够了。轻轻地抚摸着手中的这片落叶,在那些脉络清晰的走向里,我仿佛清楚地感知到我的来路和去路。

第三章

一朵一朵盛开的云

喜欢春天,行走在春天的田野里感觉万物都充满了生机。沐浴在这样的春光里,仿佛自己也跟着鲜艳明媚起来了!而最让我欢喜的,还是春光里那一树树的花云。

那些鲜嫩的能掐出汁水的枝条,不管是曼妙疏离,还是疏影横斜,每一条总是错落有致地挂满了沉甸甸的花儿。很多时候走进这样的场景,就仿佛走进了一个童话世界。看着那些绿意朦胧姹紫嫣红的鲜活生命,总是没来由的让人觉得振奋。你看呀!那火红的、梨白的、纱粉的、铬黄的一片片,一团团,密密麻麻、重重叠叠地堆积在一起,多像是盛开在枝头的云啊!只是天空的云洁白轻柔,而这里的云却缤纷艳丽。置身于这样的春光里,看着轻烟似梦的花云,总会让人产生一种不知身在何处的错觉:好像春天醒了,自己却梦着。

每每看着那一树一树盛开的花云,忧郁就像一条条在春光里疯长的藤,一些卑微的痛楚总会随着沁人心脾的芬芳在每一个毛孔里膨胀。多么渴望自己就是那些灿烂的花儿，如云似霞地燃烧在阳光和煦的春光里，这样的感觉多美啊！

每当这个时候，一些灿烂而鲜活的生命总会在心头升腾。仿佛他们就是那些花儿，每一次盛大的怒放里都弥漫着一个惊心动魄的故事，而在每一个故事里都有一些清晰明艳的色彩与之相衬。此时记忆决堤，思绪暗潮汹涌。抬头仰望春光时，那一树一树盛开的花云，便在我的眼中幻化成一个个动人而又让人神伤的身影。

站在一片火红的桃花面前，我仿佛看到了那个挥汗如雨的夏天：两个很不起眼的农民工兄弟在一栋烂尾楼里，用他们那略带沙哑的嗓音和一把破旧的吉它，弹唱着他们对音乐火一样的热情。在那个《春天里》，他们用忧郁的反思征服了无数的听众。他们没有动听的歌喉，更没有专业的技巧，可他们却有着最真挚的情感，有对生命和生活火一样的热情。尽管他们身处那样的逆境，可是他们却用怒放的热情和生命的升腾之云，唤醒了我们早已麻木的心灵。我相信很多人在听到这首歌时，一定被他们感动得泪如雨下……

或许这片火红的炙热也是海子的化身，不是吗？他在山海关的铁轨上只那么静静地躺下，那鲜红的液体便随着呼啸的火车喷薄而出。那是一种怎样的悲壮啊？那是桃花血吗？哦，深沉的海子！忧郁的海子！让人铭记而又充满痛楚的海子！

那个吃进去的是人间疾苦，吐出来是诗的海子，有着怎样的火一般的情怀呢？他对诗的热爱是火，对人民的热爱也是火，对生活的绝望和对生命的反思同样是火。这熊熊的大火啊，夜以继日地在他年轻的身体里燃烧，我仿佛还能听到那噼里啪啦的声响。可那些火一样的情怀没能使他在痛苦里涅槃，反而烧成了铁轨上那一道绝艳的残红。我尊敬的诗人，你多像那片火红的桃花啊！如果时光可以倒流，我希望你生命里流淌的是另外一种幸福的颜色。春暖花开的时候，有一处面朝大海的房子，周围开满了金黄的油菜花，和心爱的人幸福地在一起喂马劈柴……

说到幸福的颜色，难道黄色真的就象征着幸福吗？看看那一片金黄的油菜花，使我想到了梵高的《向日葵》。在那同样耀眼而璀璨的金黄里，那一抹挥之不去的浓郁，却成了他生命里哀婉的绝唱！我们无法感觉到当年他画这幅画时的心境，可我们却能体会到那浓艳的铬黄里，蕴含了多么深沉的对生活和生命的爱呀！而又是一种什么样的决绝，才让他走上了通往天堂的路呢？是一种生活里反差的对比，还是一种更深层次的忧郁呢？这样的问题我终究是无法给出答案了。可尽管时光过去了很久，他却像他的《向日葵》一样，以热烈的姿态长久不衰地盛开在人们的记忆深处，成就了画坛里永远的梵高和《向日葵》。

花开荼蘼，凋零便是宿命，而生命灿烂到极致却总是会给人留下深刻的震撼。每年花开如云时，那些早早陨落凋谢的生命之花，也会在我的心底炽热地盛开，凝聚成一朵朵看不见的云。仰望春光，一场生命里蓄势已久的花事，又迷了多少人的眼呢？

细数流年，风起云涌，春光浮动。那些凋谢在时光长河里的生命和花儿，你看他们多轻啊！轻得像纱似云，转眼便会随风凋零碾作尘。然而他们却那么重，重到连时光都能记得住他们的颜色。这些鲜活的生命，不正像此时春天里灼灼盛开的一朵一朵的花云吗?虽然他们也会凋谢,但却同样把最美好的一面留给了世人,照亮了人间……

抬头远眺,此时花开正浓。一片片耀眼的花云,在无数闪亮的眼眸里跳跃着异样的惊喜。

第四章

怀抱残缺，栖息诗意

行走在皲裂的风里，心在无形中被洞穿，思绪仿佛也跟着皲裂开了。

此时的风多像一个顽劣的少年啊！只见它们打着响亮的口哨，一下一下揪扯着枯败的树叶，转眼间树冠上只剩下光秃秃的枝杈，在一场寒冷的凋零里凄清地见证着季节的更替。黄叶落了，有再绿的时候；月儿缺了，有再圆的时候。然而只有生命和那些在我们生命里走失的日子，是真的一去不复返了。

眺望晴朗的天空，此时风是轻的，云是淡的。就连曾经悄然无声流逝的日子，此刻也变得温润起来了！坐在时光的河床上，回想着无数个早已走远的日子，感觉是那样的轻，轻得就像此刻天空正漂浮着的一朵朵白云！目光无声的与那些曾经的曾经对接，那些无数个数也数不清的日子啊，便鲜活地在思维的空间漂浮游走起来了！很多时候当我们无声的回忆过去时，总有一种眩晕的恍惚。仿佛那些曾经的过往就在眼前，是那样的唾手可得、清晰可见。清晰到我们可以感觉到每一根毛细血管里的隐隐作痛，清晰到那无数的欢歌笑语还在耳畔回响；清晰得我们无需闭上眼睛，那些浓墨淡彩的画面便会在眼前铺展……然而它又是那样的遥远，遥远到我们只能在永远不可触摸的感知里无数次的去回忆，无数次的去感慨……

我们无法抓住它游走的身形，只能在一次又一次的无尽遐想里，于无声的时光里展开心灵的对白。炊烟消散了，影子模糊了，哭了笑了的无数个昨天的昨天，那些似曾熟悉的面孔，只能化作缕缕飘散的尘烟，在每一个灯火阑珊的夜晚无声地勾起心底的惆怅……

回忆是温馨的浪漫，但现实总是悲凉的心酸。我们不曾在意某一个真实拥有的瞬间，而当某些曾经的拥有开始离我们渐行渐远之后，便又开始感怀忧伤。或许连我们自己也不曾懂得究竟是怀抱着怎样一种复杂的心绪。很多时候我们追求完美而拒绝平淡，殊不知生命里本就不乏平淡的真实，生活里最不缺少的便是柴米油盐的平淡。很多人都会说平平淡淡才是真，然而我们却很难在平淡如水的日子里去感激生命，感恩幸福。我们渴望精彩，一次次行走在寻找诗意和幸福的路上。无数美丽的风景被我们忽略在身后，我们却总要满怀忧伤的去寻找最美的风景……

我们就这样马不停蹄地奔波在风云际会的尘世，只为了寻找我们眼中最理想的诗意，然而最终却只能怀抱残缺踽踽独行。有人说残缺也是一种美，可是又有几个人能够真正懂得缺憾的美呢？月儿缺了，我们期待再圆；花儿落了，我们憧憬再开；远离家乡时，我们会思念洒在窗台前带有家乡味道的那一缕阳光；而回到故乡后，我们又会怀念城市里的喧闹和繁华，每个人的生命里都会存在着这样或那样的残缺。我们活着的每一天就是努力地把那个缺口补圆，因此我们总是那么的忧伤和惆怅！殊不知生命本身并不存在永远的圆满，连月亮都有盈缺的时候，更何况是人生呢？

　　行走在洒满梦想的路上，每一点星光都是生命里最动人的光芒。因此我们无需风雨兼程地追求圆满，只要认真体会每一处风景带给我们的感动，生命便会散发出迷人的芬芳。因为每一个场景的转换都会是另外一个缺憾的所在，它们都是生命的重要组成部分。生命也只有在不断行走的途中，才会感知更多的精彩！

　　细细数来，人生其实就是一个怀抱残缺、栖息诗意的过程。

第五章

生如夏花,生命无悔

  如果说春天是一切梦幻的开始,那么夏天就是一场盛大的宴会。生命里所有的热烈和繁华都将在这里一览无余。

  风姑娘温柔地吹开夏天的面纱,映入眼帘的便是满世界的苍翠欲滴,伴着星星点点的姹紫嫣红。这样热闹的场景,让我想到了那些群星荟萃的明星宴会,她们总是争先恐后地尽情展示着生命里最璀璨的一面,谁也不想落后于谁。

  此刻的绿已不再是春天的鲜嫩欢实,经过一季春雨的淋漓已变得丰腴起来。那些桃红李白的粉嫩对于夏天来说,像极了一个久病初愈的女子,消瘦而乏力地泛着苍凉的白;而只有那些浓郁的红和苍翠得能滴出水来的绿,才是这个季节的主角。仿佛所有的色彩在经过春天的润笔之后,顷刻就变得凝重起来了。就连夏天的空气,都带了让人无法承受的闷热和厚重。

  夏风还在有气无力地吹着,一些知了顶着燥热的天气声嘶力竭地叫着。那时断时续的嘶鸣,聒噪得夏愈发地沉闷了。推开窗户,院子里的石榴花不知道什么时候已经悄悄地开了。一朵朵如血的殷红就那样灼灼地盛开在一片幽绿苍翠当中，它们仿佛要将自己整个生命都燃烧了一般；还有那远处的紫藤架上，不知道什么时候也盛开了一片密密麻麻的白，在随风的摇曳里好像是拥簇起伏的波浪，铺天盖地地卷了过来，直晃得人睁不开眼睛。看着这个世界如此的热烈和生动，夏在我的眼里也不再燥热了，一切都突然变得安静起来。仿佛刚才还死气沉沉的夏，顷刻之间就鲜活了很多。

这时候的女子，也争先恐后地花枝招展起来，你看她们好像刻意要与夏花比美似的。准确地说，这时候的女子也是夏天里最美丽的花朵。如果说那些挂满枝头的夏花只是为了赶赴夏日的召唤，才争先恐后地燃烧着自己生命里所有的繁华，在烈日当空的炙烤里肆意地在枝头上绽放着阳光般的笑脸；那么那些花枝招展的女子，便是听了生命的召唤，在无限的良辰美景里尽情地展示着生命的多姿和欢颜。

思绪忽然醒了，此时此刻没有一种感动比看到生命的热烈和盛大来得更为真实。虽然我无法感知和触摸这些生命燃烧的过程，但仿佛那些花已不再是夏花，此时的夏花就是生命张力的化身，它们正以爱的名义召唤着季节的灵魂。

季节醒了，我也在一片迷茫和混沌中开始苏醒。仔细梳理那些浑浑噩噩的日子，突然觉得万分惭愧，原来自己已在不知不觉中蹉跎了太多的时光。看着窗外那些热情绽放的花儿，此时忽然想起了清代才女李清照的《夏日绝句》：

"生当作人杰，死亦为鬼雄。"

这不正是对夏花这种热烈绚烂精神最好的诠释吗？李清照不愧是中国历史上最为杰出的才女之一，早在几千年前便有这样的思想和见地。更叫人佩服的是：她不只是简单地提出了自己独特的见解，而且她身体力行穷极一生都在努力实践着自己的这一理想，这才是最值得人肃然起敬的地方。生命的意义在哪里？生命的真谛又是什么？只是一句简单而漂亮的话都会说，可用一生去实践自己的诺言，这世间又有多少人能做到一诺一生？而她却用自己的实际行动，努力地为后世留下了最好的榜样。人说生命源于自然，很多时候我们不必刻意地去寻找，只要善于观察大自然的一花一草一山一水，往往都能在无意中带给我们最真的启迪。

很长一段时间我一直固执地认为：淡定，哪怕狂风骤雨也能波澜不惊地静观云卷云舒，才是生命里最美的状态。可看了眼前这些怒放的生命，忽然对生命的状态有了全新的定位。人活一世，草木一秋，既然活在这个世界上，就应当活出自己生命里全部的热情和光彩，否则当走到时光的尽头，我们岂不悔之晚矣？

春天因为有了殷殷的希望而美丽，那些绿油油的生命总叫我们情不自禁地欢喜；而夏花的美丽，却总能带给我们强烈的震撼。因为夏花无所顾及，倾其所有而灼烈地燃烧着自己的生命，这样的盛大带给我们的不只是感动能够形容的，甚至能够成为我们一生的坐标。

这世间又有多少精彩的事情，不是经历热烈炙烤和千锤百炼之后才能呈现出芬芳的华彩？只有如夏花般热烈地盛开，生命才能绽放出最耀眼的光芒。

生如夏花，生命无悔！

第六章

光阴荏苒,情怀如雪

  北风呼呼地刮着,一场铺天盖地的鹅毛大雪,瞬间染白了四野。著名边塞诗人岑参曾写北国的雪:"忽如一夜春风来,千树万树梨花开。"此时天地一片苍茫,诗人笔下的"梨花"不止开在成千上万的树梢上,就连远处的山岚峰黛之间,也裹着阳春三月一样的梨白,整个世界顷刻笼罩在一片耀眼的光芒里。

  空气里透着凛冽的清冷,万物都在一片苍茫的覆盖当中,世界仿佛忽然就静了。那些找不到车看不清路的行人却并不显得急躁,好像经过一场雪的洗礼,人们的心中瞬间变得无比澄清透明起来了。你看那些大人孩子们,哪一张脸上不是挂着纯情而天真的期盼?

  孩童的世界,自然是天光一色的恬淡和透明。他们对世界的好奇就像一截雨后的春笋,带着朦胧而欣欣然的向往。他们看雪,雪便是雪;雪是上天恩赐的精灵;雪是他们戏耍哈巴狗时那卷曲而细腻的绒毛;雪是他们眼里最纯美的天真。而那些大人们仿佛昨日还是沉寂得如一潭死水，只是一场雪的润泽，便唤醒了他们深埋于体内的葱茏岁月。此时再看他们，仿佛也是雪景里催开的花。他们轻盈地欢呼着，雀跃着；他们像孩子一样打雪仗，堆雪人；他们在雪地里肆意地追逐笑闹，那样的欢愉和释放也只有在一场罕见的雪里才能尽情地拓展。谁说人生一旦经历了世情的浸泡，便混沌得没有了真气？那些真气依然存在，只是被生活和琐碎压抑住了，一时又找不到合适的突破口。

贾平凹说："美人不是绢人，雪花不算花，这世界原本有太多的尴尬，活人就活人的日子吧！"这是生活的智者对生活最深刻的洞悉，透彻得叫人心酸。然而活人的确要活人的日子，于是我们的日子便在柴米油盐酱醋茶里叮当作响，我们把一串串光阴活成了生活里鸡毛蒜皮式的跌跌撞撞。无论世事如何艰辛，我们都还得活着。首先要活成一个人的样子，然后才能活成一个人，活成一个贴了自己标签的人，这是生活赋予我们的意义。

可这突如其来的一场雪，似乎所有的节奏都被打乱了。我们仿佛在一夜之间有了少年的情怀。你看此刻的世界哪还容得下别的颜色？此时唯有白，也只有白。前面刚刚行走过的脚印，瞬间会被簌簌落下的白雪所覆盖。这世间仿佛只需要一场铺天盖地的雪，所有的罪恶和不堪顷刻就消失得无影无踪了，素净简洁的白是对世间万象最好的相容。尽管生命里的很多真象并不像一场素净的雪来得那样简单，可我仍然喜欢纯净和雪白，我相信它是世界上最干净的底色。"质本洁还洁去"不只是对雪的真实写照，更是我们对生命最本真的追求。

　　我们由生命的起点走来，谁不曾纯真过？谁的生命不曾是一滴绿水，晕染了一汪的清泉？只是那一份如雪般纯净的情怀，又有多少人能够保持永恒的初心？在红法俗世这个大染缸里，有人把一颗纯洁天真的童心染成了五彩斑斓的锦缎，从此他（她）们的生命中便心有宏图而芳草茵茵；而有些人，却把那些诗意生香的美好染成了一幅破败不堪的防雨棚，只能在心有凄凄的逼仄里千疮百孔。

　　同样是生命，为何每个个体之间会有这么大的差别呢？我想产生这些巨大差别最本质的区别便是：情怀不同。说到情怀，总是无声便叫人动容。情怀不等于理想，理想是我们为之奋斗的一个目标。当我们的一个人生目标实现之后便会做方向的调整；而情怀永远凌驾于理想之上，它是我们一生永无止境的自我追求和超脱。

　　生命里因为有了情怀二字，仿佛无数的阳光便能照进来，一些心生向往的美好终会在寂静的黑夜里发芽。仅凭着情怀的支撑，我们就可以超越无数苦难的磨砺，而把那些困难变成一朵别在衣襟上的花，时刻鞭策着我们心生美好而活得温暖。一个人如果有了情怀，生活里便有了竹的风骨、梅的神韵、海的宽广和浩瀚宇宙的博大。

　　一夜长安雪，此情与谁约？无论时光如何变迁，都让我们学会了做一个有着雪一样朴素情怀的人。无论走在多么困苦的路上，只要有了情怀的渲染，感觉总不会太难吧！

　　人生苦短，一世能够活得清澈透明是几世修来的福气，别用太多的功利和世故挑染了生命的纯净。太阳出来时，这漫山遍野的玉树琼枝便会无声地消融于大地，当雪水被太阳慢慢地蒸发掉之后，仿佛这一场雪并没有来过。可我知道，那些如雪般纯净的情思早已植根于我的心田。

第七章

不如怜取眼前人

初次见到这句话时,在心底幽幽地叹息一声,刹那间便又溢满怯怯的欢喜。有多少时光恍惚在无数个偷偷溜走的梦里,又有多少时间我们总是在心生向往里马不停蹄地去跋山涉水,而竟忘了要去珍惜那个默默陪伴在我们身边的人。

此时虽然已是早春,但北方的天空还带着苍茫的冷瑟,很多生命还在冬的色调里沉睡。只有窗外的那树红玉兰,几朵粉红色的花苞开始探头探脑地打听着春的消息。那些刚刚绽开的蓓蕾还未褪去新生的朦胧和羞怯,我知道自此一场生命的伸展与盛放便要悄无声息地进行着。无人知晓那些孕育了一冬的生灵是如何在疼痛里拔节呐喊伸展的;尽管它在我们人类善于表达的空间里显得那样的孤单而沉默,却一次次把自己催生成璀璨的繁华,把爱和希望洒满人间。这是自然界的生灵对自己生的使命的怜取,这样让人备感温馨的光景和生灵,总是让人格外感动。

看窗外春光静谧美好,所谓赏春须趁早,这也应该是对大好春光的一份怜惜了吧。好花不常开，好景不常在，花开时节莫辜负。很多时候只有失去才会让我们的生命显得格外珍贵，才想起来要去好好珍惜，岂不为时晚矣？岁月如歌，待到曲终人散时蓦然回首，灯火阑珊处余下的也只是自己怅然若失的身影，时已不待我矣！任心绪再千回百转，终究也只能在心中苦涩地悲叹一声：早知当初，何必如此？

流年渐深，很多人事已逐渐模糊，唯独青春里那一场爱恋至今仍然让人刻骨铭心。回顾彼时，面对那些纯真的情怀时，我们可曾想过要去珍惜？那些葱茏得跟藤蔓一样疯长的岁月，我们原以为有大把大把的青春可以挥霍，生命里充斥着无数的遇见和可能，谁也不愿意为了一次毫无意义的争吵而低下高高仰起的头。可叹当时谁又能预见，一次转身之后便是永远。当我们在生活的洗礼下突然明白，那样的纯美才是我们生命里最宝贵的财富时，昨天却早已成为回不去的镜花水月，只能隔着时光的距离去回忆和怀念。

曾经读到这么一则故事：

有一个年轻英俊的小伙子，邂逅了一位美丽的姑娘并对她一见钟情，但那时的小伙子一无所有，他明知姑娘对他亦有意但却始终没有勇气表达。他在心底发誓，一定要创造了好的条件再来跟姑娘表白，他开始背井离乡。经过数十年艰辛的拼搏之后，终于得偿所愿成为人人羡慕的单身成功人士，只是却失去了姑娘的消息。他心有不甘命人多方打听找寻，功夫不负有心人，那姑娘果真被人找着了。找到姑娘的人为了给他一个惊喜，特意偷偷拍摄了一段姑娘在一个农家小院里生活喂鸡的场景。当他打开相机时，昔日水灵聪慧而貌美的姑娘此时已变成一个笨拙而略显沧桑的妇人，曾经一直让他魂牵梦萦的重逢惊喜,刹那间变得索然无味。他立在宽大的落地窗前沉默了良久,再静静地把那一段视频删除,轻声地告诉底下人不要再打扰她的生活了,从此终生未娶。

在那一刻,没有人能体会到他那五味杂陈的心境。是失望,是懊悔,还是感激?亦或是各样的情愫都有。善良的人啊,请怜取我们眼前拥有的一切吧,莫让时光偷走了曾经的唯美!不要让那些美好都变成回不去的昨天,更不要让回不去的过往成为我们一生的负累。

人说时光最有情,它让我们在成长的道路上能够一一体会岁月馈赠的温暖;然而时光也是最无情的,它总是无情而冷漠地把原本一些美好的人事雕琢得面目全非了。我们唯一能做的就是尊重岁月,努力地活在当下,用心珍惜现在的每一寸光阴。早在几千年前,宋人晏殊就在《浣溪沙》里这样深刻而沉痛地感慨道:"满目山河空念远,不如怜取眼前人。"那是一种生活的智慧,活在当下便是对人事,对生活最好的怜取。

铭记生活赠予我们的感动,心生悲悯地去感悟以后的岁月:得而坦然,失而不悔。世间万物本就存在太多的缺憾,只有繁花落下才能结出美味的果子,谁也无法同时拥有春天和秋天,在我们拥有时就认真地去珍惜吧。不管是快乐也好,悲伤也罢,每一段时光里都有生活赋予的厚重和感激;每一个表情都是我们真实生活的印记。只有勇敢地去面对生活里的每一天,才不枉此生。

剪一片流云,让春光尽情地在蓝天下作画;呷一口清香润滑的香茗,让心绪在一片氤氲的茶香里舒展;听一首悦耳优雅的曲子,宽容而温和地笑看阳光穿过窗台,且行且珍惜。

第八章

一半苍凉,一半火焰

当秋风裹住枯叶卷上记忆的长堤时,我的人生又被时光淹没了一截。一提到秋,人们便会不自觉地想到老,仿佛生命立即就蒙上了一层萧瑟晦暗之气。

老是一个多么让人忧伤和难堪的词汇啊!一想到老字,便叫人想到了年轻的生命一天天变得老气横秋起来,直到经历垂暮沧桑的晚景再无声地回归于自然,便无端的叫人生出许多感慨。

一天由清晨走到黄昏,一天便老了;人由初生的婴儿变成弯腰驼背的老者,人的一生便老了。不只是人类,大自然的万物也会在风化的作用下一日日的沧桑老去,直到呈现出一种生命里被风化之后最厚实的粗犷。仔细观察这世间的万物,哪一件事物又能逃脱得了一个老字?就连历史上赫赫有名的一代战将廉颇,在年迈之后都会受到赵王"廉颇老矣,尚能饭否"的探询,可见再顽强的生命也终有衰老凋零的一天。

其实老并不可怕,老相对于幼稚来说更是多了一层深刻的内涵和韵味。

如果说年轻是春天，总是让人充满无限的梦幻和希望；那么老了便象征着成熟，老是一种千帆过尽之后仍能笑看红尘的悠远。老就老了，老了又有什么不好呢？人这一生要活出一个老道，又要经历多少时光的浸泡和世事的打磨，才能历练出一份老资格？

老了，不是一种生命垂危的挣扎，而是一份对生活的尊重和敬畏。就像秋天里那一抹流光溢彩和沉郁悠远，在不经意间流露出来的厚重一样，总能拓展生命里无数的想象。老是一个动词，而且是一个慢动作；老是一种经历，更是一份情怀。所以我们不应该坐在日渐衰老的时光里叹息。老不应该只包含着对生命坠落的苍凉感慨，它更应该包含着纳吐天地之长的博大和精深。

你看，秋天来了，一年的秋色也就老了，可是秋天多美啊！大朵大朵缥缈变幻的云彩；瓦蓝瓦蓝的天空；还有那些数也数不清的果实恣意地张扬着成熟的笑脸，瞬间把我们的生活渲染得五彩缤纷。没有哪一个季节可以像秋天一样，一下给人这么多五味杂陈的感受。生命也是一样，一但走进了生命之秋，你会发现你的人生突然变得异常丰富。而那些曾经怀疑再也过不去的千山万水，只是生活对我们的一个小小的考验；而一些在当时令我们痛苦万分的事情，等你坐在秋风里暮然回首时，我们也会充满深深的感恩。经常听到很多人这样说：感谢当年我吃了那么多苦；感谢某某当初对我的苛刻；这一声声无限缅怀的感谢里，包含了对岁月最深刻的理解。只因为我们成熟了，我们老了，我们才有更多的时间去思考人生，去回首那些风雨兼程的日子，这便是老了的精妙所在。

把目光投向远方，终南山的轮廓在晴好的天气里隐约可见，生命的脉络在远眺的思绪里更显清晰。尽管我们都会一天天老去；尽管自己早已不是当初那个水灵鲜嫩的女子；尽管时光依然还在马不停蹄地向前奔走；可是谁又能阻止我们成长为自己喜欢的样子？人生总是太匆匆，只有活成自己喜欢的样子，才不枉在这尘世走了一遭。这样想着时，时光在我的心中已衍生出了许多空灵的悠远。如果说我前三分之一的人生活成了一片苍凉的海水，那么以后的时光里，我想活成一团火焰，因为生命里更多的悠远沉郁只有经过烈焰的炙烤才能更显圆满。

所以学会坦然地接受衰老，接受岁月最真诚的馈赠，去慢慢享受我们日渐衰老的过程，也是生命里的一份静美。虽然我们的容颜会一天天地衰老；虽然我们的躯体会一天天地衰弱；可是我们的阅历、我们的底蕴却在一天天地沉积。我们看事物由最初的尖锐而变成现在的豁达，我们接人待物由初始的分毫必争而变成今天的圆润通透。这些都会是老的象征，却更让人欢喜。

看流云一点一点地高远淡薄，莫名地感动着大自然的空旷和博大，然而我并不失落于自己的渺小和贫瘠。因为此时此刻我已明白了老的真正含义，就让我这样静静地坐在秋光里，怀抱着生命的苍凉和火焰优雅地老去吧！

第九章

莫将良辰付残垣

弹指一晃十年过,岁月无声催人老。我们看春光灿烂十里桃花是景;我们看灞桥烟柳絮如飞雪是春;我们在湖光山色里登上观光赏景的画舫;我们在秋雨听荷里去细细品读唐诗宋词里的断句残章;一场冬雪来临,我们感叹江山如画,岁月妖娆。我们雀跃地欢呼着人生这难得的良辰美景,殊不知我们便是这良辰美景里最美的风景。

时光总是太匆匆!仿佛绿肥红瘦桃李争艳还是昨日的光景,只是仓皇的一个转身一年却又接近了尾声。用手轻轻地触摸着额头上岁月留下的痕迹,仿佛沿着时光的轨迹马不停蹄地奔走就是我们生来的宿命。在人生这条路上,时光永远待我们一视同仁。不管摆在你面前的这条路是荆棘丛生,还是平坦宽阔,我们都要风雨兼程义无反顾地沿着时光的轨迹行走,时光永不停歇地不多给谁一分,也不曾少了谁一分。

只是有一天,我们突然就老了!蓦然回首,生命已到阑珊处。细数流年,浮生若梦,我们总会感叹那些被我们无声蹉跎的时光。譬如,如若当年……

多好啊！诸如此类的的念头总会无声地在心头攀爬，我们开始伤春悲秋，感叹韶华易逝。然后时光开始恍惚，那些回不去的旧时光便成了一部老电影，一部加了特写，慢速播放的老电影。

我们经常感叹岁月无情，我们也曾埋怨自己一事无成，可有谁曾问过自己，有多少时光是行走在实现自己理想的路上？在人生的大舞台上不管你是一路高歌，还是踽踽独行，亦或是踌躇满志，只要你一直在行走，时光就不会亏待你。就怕那些总是高谈阔论，一副胸怀大志的样子，却总是迈不开脚步的人，因为时光将永不停歇。

这世间有太多的春花秋月可供我们消磨，只有我们人类才是万物的主宰。大自然的风景在我们眼里，而我们在大自然的怀中。春花灿烂、鸟语花香、姹紫嫣红的大自然，它只是装饰了我们的眼睛；夏荷优雅、蛙鸣阵阵、凉风习习的荷塘月色，它只是愉悦了我们的心情；就算意象万千字字珠玑的唐诗宋词，它也只是润泽了我们的心灵。这不必细数的种种都是我们生命的陪衬，与其在大好的年华里任时光无声地消磨，不如迈开脚步坚实地行走在寻找梦想的路上。

人生总有太多太多的缺憾，不要无谓地把一些艰难放大，更不要总在一些无法圆满的情绪里画地为牢。只要为了生命中曾经的梦想马不停蹄地奋斗过，我们便不会坐在时光的阴影里懊恼悔恨。其实人生的每一种境遇都是一份独一无二的风景，我们不必感伤月的阴晴圆缺，更不必喟叹流年蹉跎夕阳已黄昏。正是由于那些像细雨一样密密斜织着每一寸光阴里酸甜苦辣的细碎时光，才成就了我们丰富多彩的人生。如若生活永远只是一种味道，则不免显得乏味和单调。

醉眼看花花不语，人生的很多良辰美景都带着镜花水月般的朦胧和虚幻，只有把自己活成风景，才是生命里永恒的图腾。每当我们看到别人长成一处美丽的风景时，总会投去仰视的目光。其实你只看得见那些人前的璀璨和笑脸，又有几人能够体会幻化成风景过程中的艰难和心酸？守得住寂寞你才能拥有繁华，你若盛开，蝴蝶自来。既是一种自我勉励，也是对生活对那些一直行走在路上的人们最好的馈赠。

那一刻，我们哭了笑了；那一天，我们醉了痛了；那一月，我们梦了醒了；那一年，我们悄然地就老了，而我们的孩子也会迎着风雨茁壮地成长……生活里每一个不可复制的经历和瞬间，都是人生不可多得的绝美风景！无须仰视他人人生里的圆满，只要认真体会每一处风景带给我们的感动，生命便会散发出迷人的芬芳。

只要愿意付出，所有的努力最终都会化成迷人的风景，我们的生活也会因此而生机勃勃。我们看春花嫣然，我们便是一朵微笑的花；我们看秋风送爽，我们便是一枚裂开嘴巴微笑的果子。就这样且歌且行地漫步在人生这条长路上，无数细碎的日子在可供触摸的烟火里叮当作响。转回头便看见岁月深处那些深深浅浅的脚印，无声地凝视着那些悄然溜走的日子，目光瞬间便会温润如水。

在生活面前，我们都是微笑的果实。静看温润如水的日子，世间的万般情缘琐碎，都是丰盈生命的养料。一朵微笑的野菊花在云卷云舒的光影里摇曳妖娆；心灵深处那些缱绻的情思还在青山绿水的柔波里痴缠起伏；而总有一些墨染生香的情怀，会鼓励着我们在人生的旅途中跋山涉水……

第十章

时光煮酒,流年生香

尽管阳光明媚得仿佛春天提前来临,然而几天前的那场皑皑白雪却未完全消融。远处大地裸露的肌肤和一些还未消退的斑驳雪迹一起,像一张巨大的长着花斑的动物皮毛。这样的场景,让时光仿佛带了跳跃的生动。

抬眼看天空,温和的阳光像万枚金针一样正斜斜地穿过林梢,空气里带着潮湿的温暖,心底莫名地洋溢着细细的感动。就这样心生温暖地披了一身的阳光惬意而悠闲地穿街过巷,也是一段光阴里最动人的时光吧!此时已过了小年,往日车水马龙拥挤不堪的城市突然少了一些宣泄的繁华而开始变得安静起来。

从繁华热闹却充满现代气息的南大街拐进书院门,时光仿佛在这里转了个弯。冒着尾烟的汽车不见了,鳞次栉比的高楼消失了,就连人们的语言和神情都带着细碎的悠闲。好像忽然一切都慢了下来,再慢下来!路两边高大的槐树后面,红漆格子门半开着,大大小小的湖笔从门檐上面垂下来,一条浸透墨香的路便向远方无声地蜿蜒到西安碑林博物馆。而紧挨着人行道的两边，密密麻麻地集中了碑帖拓片、名人字画、印章印谱、文房四宝等能够丰盈人思想的精神食粮，这样的街道就是一座蕴藏丰富的巨大宝藏。这便是经过改建之后的书院门，也是由历史上全国著名的四大书院之一（关中书院）而拓展出来的地名。就这样安静地踏着被无数行人磨得发亮的青石小路，目光清透地在一些自己感兴趣的物什里穿梭，于奔波忙碌的生活之余已是一份静谧的幸福。

或许是源于历史的厚重，这里的店铺门面既不像江南秦淮河那样秀丽精巧；也不同于首都北京那样富丽堂皇；古朴敦厚的门面很少有烦琐的装饰。不管是牌匾、楹联，还是深狭的门道，都于大气深厚里却又显示了一种儒雅祥瑞、深藏若虚的氛围，这样平和的中庸总是让人莫名地欢喜。尽管在商业无比发达的今天，很多城市都在打着仿古修复的旗号进行扩建和模仿，但是我想书院门这份骨子里透出来的神韵大气，是无论谁也无法模仿和比拟的。

一层薄薄的积雪被太阳一照，在残存的黑褐色瓦片上折射出五彩的光芒，像极了某些顽强的生命里动人却朴素的光辉。或许是骨子里对一些有着厚重底蕴事物的偏爱和执拗，总是喜欢一个人这样漫无目的地行走。唯独这时候，我不必承担太多的社会责任，我的时光便是我的。可以无尽地遐想；也可以尽情地神游而不必担忧来自外界的干扰；我想这样的情怀是我这一生都无法更改的。

信步踱到一个卖文房四宝的小摊前，随手翻阅着书摊上的一些书法字帖，最终一册《颜真卿书颜勤礼碑》被我收入了囊中。就这样漫无边际地徜徉在被岁月和时光浸透的书院门里，感怀着岁月深处那份古朴的厚重，内心已是一片清澈的明净。

　　人这一生总要经历风风雨雨，没有谁能够预知命运的安排而保证自己永远一帆风顺。只有时刻警醒地守护自己的一颗初心，保持对生命的敬仰和对生活的热爱，才不会在眼花缭乱的尘世烟火里迷失自己。生命本就是一个修行的过程，很多时候我们生命里缺失什么便会盲目地追求什么。以至于最后盲目追求的本身便会成为痛苦的来源，成为生命无法泅渡的劫。很多无法穿透的网，都是我们欲求无度而作茧自缚的千千结，堪透而不看破便是岁月对我们最温暖的馈赠。

　　无意中在朋友圈里看到这样一段话：奢华和教养的分界点在哪里？一个向外——求胜；一个向内——求安。无时无刻不在和他人相比，自然就倾慕于奢华，无时无刻不在要求自己进步，自然就有了教养。不得不说这是一个极具智慧和哲思的女子，大隐隐于市。生命的修行更不必拘泥固定的形式和模式，而生活的智慧也一样可以超越生活本身而无处不在。生活里总有那么一些人或一些事，会教会我们无声地成长。

　　喜欢古韵的游人还在漫无目的地闲逛着。这样的场景似乎与我平日里打发时光的闲逛并无多大的差别；但我又觉得似乎应该有一些最本质的区别，至少此刻我是带着一份适闲的情怀去邂逅一份心灵的安静和厚重。你看此时那金黄的阳光正穿越薄暮的云层，一点点地泻下来，再泻下来！不止是街边的古建筑上、路边的小摊上，甚至包括我的身上，就连我的内心深处仿佛都镀了一层太阳的光芒。精神的世界永远是博大精深的，生命里一些美好的感悟只可意会而不可言传,我仿佛触摸到生命里一些灵动的质感正在阳光下缓缓地流淌……

没有什么比一份心灵的豁达和宁静更让人心生感动了!不管生命里曾经经历过多少苦难,此生于我已是生活中最真实的馈赠,都将成为丰盈我人生的养料。此生我要与光阴化干戈为玉帛,努力做一个安静而美好的女子,用一生的时光把自己活成自己想要的样子!

等到有一天我老了,随手翻开那些动人的时光,我会很骄傲地对自己说:感谢光阴赋予我的那些厚重。世人皆会感叹光阴的刻薄和无情,然而我却觉得光阴就像一团火焰,无形中我们便在时光的沸煮中变成了一坛散发着幽远清香的陈年老酒,只是我们却浑然不觉。

第二卷

风花雪月，缱绻柔情

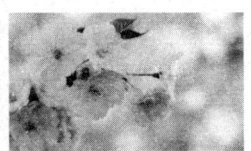

第一章

藏于岁月深处的暗香

那一天你哭了,我也哭了。肆意的泪水,像极了三月的天空,延绵成绝望的忧伤。

只恨世情催人老,那些山水作证的快乐,在兀自摇曳的晚风里不再是诗意的风景。暮霭里的厚重被潮湿的春雨附着在发霉的空气里,生成一地的青苔。心底的荒芜随着日渐茂盛的草色,苍翠成一片茵茵的凄楚。

梦还是那个悠长的梦。想象着莺飞草长的三月,那些泛着油光的青石小巷里,一把伞下两个相依的身影便是画卷里最美的风景。难道那些倾城的爱恋终敌不过世俗的流年吗?在那些浮光掠影的转换里,一些执着的美好最终只能在生活的冲击下分崩为无助的叹息吗?

当年那花开倾城的繁华,究竟醉了谁的双眸?宁可抱香死于枝头,也不肯吹坠在北风中的誓言仿佛还在耳边萦绕。可到如今,人依旧,事非昨,满目山河只能空念远。那首《菊花台》还在沙哑的嗓音里唱着千年的哀婉,那些绝望的忧伤也会带着柔弱的泪光吗?

八千里路云和月，那些披星戴月的奔波我又怎能忘记？虽然时光会淡化很多东西，而我也会在时光的打磨下失去水灵的风韵；我们彼此更是在一些对接的凝视里多了一份沉郁的沧桑。可是终究还是无法相信，分离和忧伤是我们最终的宿命。

是什么迷失了季节的眼睛？一份真诚，真的只能任由岁月无情地分割吗？春光如旧，人却无端消瘦。脸上泪痕杯中酒，是谁的心在柔软的时光里浸泡成伤春的悲苦？

静看流年，爱已成书，而我也在时光的对岸用一腔真情作序。翻看那些一路相伴的过往，泪在无言的痛惜里淋漓。一些生命里无人能懂的苦涩，在那些早已泛黄的词章里谱写成了三千年的绝唱。我们都有被生活遗弃的悲苦，你在你的羁绊里厮杀，我在我的困苦中突围。可面对亲情的"围剿"，谁还能举得起那双苍白的手？自此一些颤抖的叹息只能和着无声的泪水滚落。曾经含情的凝望，在一水间的踩躏里化作漫天的凝重，铺满了你我的天空。

春光渐好，柳色泛青，而我知道一些乍暖还寒的冷涩终将在春天的脚步里退却。可不可以用心对接遥看的夜色，饮尽杯中这最后一盏流年的殇，自此把苦涩吞咽，让真情作结？

如果说时间真的可以矫正过往，我愿以心灵做琴，拿真情为弦，用一曲《阳春白雪》奏响生命的活力，让那些怨怼从此收场。或许一曲《昭君出塞》更能消减那不惯胡沙远的悲苦，自此抛弃心灵的羁绊。看此时月华如水，遥想你月夜归来的惊喜，那场景还是年年岁岁相同的雅致。举杯邀明月，对饮有相亲。牵起岁月的手，只在相视一笑的莞尔里静待流年，用我们自己的传奇来装扮岁月的戎装。

那一抹曙光带着温暖,我终究看到你眉间的释然,自此多了温婉的笑意。心灵的展望里,那些诚挚的祈愿早就被三千墨色浸透。你一定知道,你在我的眼中还是那个温厚如玉的男子。那些挣扎的怨怼只是思念作怪时的悲愤,我们一样在遍体鳞伤的疼痛里不舍。

所幸人的智慧不仅是用来宽慰别人,我们还可以在反思中自勉。记得我曾说过:人的善恶只在一念间,在那些阳光灿烂的花朵面前,人人都可以是微笑着的天使;而一旦陷入悲愤的情绪不能自拔时,人人也可以是恶魔。我感觉到你认同赞许的浅笑。抬起头来,我看见窗外的玉兰早已绽放得灼灼耀眼。凝视浅笑,那些温婉的感动一如你探寻我的目光。

收起缥缈的情思,这个春天我要做一棵开花的树,让我们的生命也充满诗意的芬芳。思念藏进盛开的桃花里,一场浪漫的相逢终在漫天飞舞的桃花雨里落定。我相信执手相看的美好里,从此不再有无语的凝噎。

自此崔护的人面桃花相映红里再也不会有人面不知何处去的悲凉,只在年年春好处盛开着依旧笑春风的精彩。我知道那年春天里的那场相逢是我们一生的牵绊,一些幸福和惊喜终会是我们藏于岁月深处的暗香。

第二章

望断天涯路,离人迟未归

朔风卷尽枝头叶,晓月清寒,人生自古伤别离。渭城一朝轻离别,此去经年已是天涯音讯绝。风不是风,月不是月。

很多年以后,我常常想起那时候的我们。如果当初我们能够预见一次离别便是永远,我们还会不会放开彼此的手?可我知道人生终归没有如果。我把一生的梦想放飞在你远去的脚步里,一路追随着你深深浅浅的脚步,我的目光延绵出几多哀婉,也洒落了一地的叹息。为何我深深的目光,却挽留不住你匆匆行走的步履?我被自己的叹息灼伤,每一次轻寒的雨,都是我绵绵的泪,我潮湿的执着可曾把你飞翔的翅膀打湿?

我也曾不止一次的自问,这绝望而无助的相思是不是只是我一个人的独角戏?可回忆的暗流里,涌现的是你当年无尽的深情。是你一声声把我从千年的沉睡中唤醒;是你一次次执着地守候在我的窗前;是你天天在翘首等待中把我眺望。你说:红尘有梦,心中有你,愿与你相依;你说:走来窗下相笑扶,与君画眉深浅入时无?你说:宁愿憔悴天涯相思路,也不愿心念无依处；你说……

太多太多的你说无声地织成了我们的情网，我就那样心甘情愿地被你困在其中。可如今，一切的诺言，就如同这北风扫尽的落叶。我听过一句最经典的话便是："谎言和诺言的区别便是，一个是说的人认真了，而一个是听的人当真了。"可我想说不管你当真与否，我是真的当真了！所以现在空气里残余的只是我独自的守望，我把这颗炽热的心悬挂在这严寒而瑟瑟的风里吧！看看这深冷的空气，是不是能冷却我那颗跳动的心房？

可一阵寒风袭来，那浓浓的相思就像那秋日里枝头飘落的树叶，以蝶舞的姿态抖落在北方的大地上，只剩下一季的荒芜随着深深浅浅的呼吸一起弥漫了整个心田。我无力地跌坐在风里，我该以怎样的姿态在这独自留守的寒流里把你守望？雪莱曾经说过："冬天来了，春天还会远吗？"我是不是应该让我的心底也溢满春光般的希望？

眺望远方有你的天空，此时薄雨已经收寒。在芳菲乱飞鹅柳黄的天涯尽头，可有你牵念的目光？我一次次徘徊在送你远去的路口，而机场迎宾道旁的杨柳如今又新发了一簇嫩嫩的柔柳。你可知道？那细细的枝是我时时牵挂你思念的线，随着徐徐的清风飘摇出悠长的期望；那簇簇葱茏的叶茂密成一朵朵绿云，是我念你迟迟不归的浓浓的哀愁。

又是一年鹅黄柳绿时，很多送行的人们仍在重复着我们当年的别离。还记得那天你是怀着怎样的不舍和不忍一步三回头，你的眼里蓄满了剔透的晶莹，可我知道好男儿志在四方。于是强泪装欢只是僵硬地转过身去，大踏步地走进夕阳的阴影里。不是我狠心，只是不想牵绊你寻梦的脚步。耳边至今似乎还有你的余音："丫头，等我，你一定要等我回来，我一定要成为你的骄傲，让我们今生不离不弃。"

如今斜阳晚照，春水漫漫，春光正好。烟柳蒙蒙的暮霭里，有几点飞鸿正从遥远的天边归来。在天涯的尽头，是不是也有你正在为爱而催发的兰舟？我把凝望的眼神投向遥远的天边，任你的音容一点点在脑海里回旋，今生的不离不弃，可如今的你又在哪里呢？你可知道，此时我心底翻动着的又是怎样的相思？

日复一日，我就这样天天守候在你来的路口，却迟迟不见你的身影，也没有你任何的音讯，人生最漫长的时光便是无尽的等待。夕阳一次次拉长了我孤单的身影，我把执着的痴望凝固成路边的一棵柳树，洒下浓密的枝枝叶叶来印证这独自守望的痴想。

几许伤春春复暮，杨柳青阴乱红飞。这样的春光最宜触景生情，我不知道你在哪里，或许你真的早就把我忘记，但是我却依然在想你。

暮春已过芳菲歇，春雨凄迷，芳草疯长。尽管我一次次地绝望，然而我却又一次次燃起对你的希望，就如此刻我满怀着绿色的希望坚守着等待的信念，一遍又一遍地默念着你的名字。你会在这个春天载满我生命的欢愉，顺了我牵引的目光一路北上吗？

一念天涯，天涯之外到底有多远？遥看群山叠翠，望不断的远山遥岑就是此时我思你不归而延绵起伏的思绪。想你远去的地方此时芭蕉刚抽出新叶吧？而我们常去的那个山头，紫丁香也开满了山岗。此时我的心绪就是那半卷不开的芭蕉新叶，任浓浓的思念凝结成一串串紫色的丁香，为你灿烂地开满心房。

或许想你,已成为我今生永恒的主题。时光过去了那么久,我终于知道你终归只在我的天涯之外。

第三章

樱花红陌上，故园两依依

你随一天的烟雨而来，踏着恻恻轻寒的春风，只为了赶赴这一季约定的盛会。满树的樱花争先恐后地张开灿烂的笑脸，随相逢的喜悦笑成春光里的朵朵烂漫，尽情地绽放在青春的枝头。

牵手徜徉在临风乱舞的花瓣雨里，点点樱花带着朦胧的窃喜，把娇羞缀满枝杈，仿佛是在把沉潜一冬的心事随风舞动。迎着你灼灼的目光，心底竟然盈动着怯怯的慌乱。几只鸟儿张开轻灵的翅膀，在盎然的枝头跳起欢快的舞蹈。我把同行的欢愉随你的足音一起，做春天里最真情的回应。

这一季的相逢醉了山水，明了眼眸。我像一只紫色的蝴蝶轻盈在你捕捉的视野里，一颦一笑都惹你肆意的怜惜。你说多想让时光就此驻足，可现实的无奈让我们只能把叹息随漫天的花瓣一起，滑落在忧柔的风里。

有相聚就有分离，你走的那天潇潇的暮雨带着漫天的清愁。我的天空，我的城市淋漓在濛濛的烟雨之中，娇柔的柳条在风中无力地回望，点滴细雨都化成了欲语还休的泪珠，苦了离殇，碎了相思。心头曾经的窃喜揉碎在樱花残落的红晕里，一瓣一瓣随细雨洒落，纷纷扬扬地铺满记忆的来路。

你走了，黯然的神伤和思念的茧丝一次次缠绕着空寂的心灵。独自守望着无助的苍茫，让孤独的身影徘徊在缤纷的记忆里。爱了，痛了，为谁憔悴？孤寂地品味着失落的伤感，往昔的容颜再也展不开灿烂的笑意。辗转的心路泥泞成凄风苦雨后的跋涉，那个女子在一场天涯相望的距离里，快乐凋谢成零落的残红，随风呜咽在三月的小雨里，留下哀婉的叹息！

沉湎在绵密的伤痛中，时光飞逝，花开花落又一年。翻开以前的照片，目光在一张画面上停留，泪瞬间溢满了眼眶。那是一个特写镜头：缤纷的樱花树下，我把脸贴在一朵粉红的花上，以倾听的姿态凝望着你传递的心音。一行小字依旧清晰：人面樱花两相映。看着照片，我陷入了久久的沉思，点滴的美好和记忆在眼前重现。人依依，那片美丽的樱花林和那个如花的女子，留下的难道只是梦里的美好吗？

此时窗外杨柳吐绿，花开正浓。算算时日，那郊外的樱花也应该开成一片璀璨的花海了吧？回顾这一年的时光，忧伤的徘徊里又忽略了多少美丽的风景？拨开心灵的沉重，换上你爱的紫色衣裙，在晴朗的春光下走向那片刻有我们爱情记忆的原野。

远视，樱花早已绚烂成一片怒放的花云，缤纷缭乱地彰显着春天的生机，只见它们相互拥簇着、堆叠着，那层层叠叠灼烈地铺满公园的一角。注视着这灼目的繁华，心海的波涛滚滚涌动，一如这层层叠叠的樱花，记忆的长河再次泛起斑斓的春色。

记得吗？你离开的前夕，就是在这样的繁华盛景里，我用心的灵动蹁跹在你记忆的底片上。不能陪伴的日子里,这留取的景象成为我今生最美的印记。那时累了我们便坐在林中的长椅上休息,看着满天飞舞的樱花,一起感叹这盛开的繁盛和壮观。离愁涌至,你突然拥紧我说:"丫头,我不在的日子里,你一定要像这樱花一样灿烂地活着。"

我微笑着点头,用一个拥抱给了你坚定的回应,我会等你回来,我们一起共享来年的欢然。

驻足于繁花似锦的樱花树下,一阵微凉的风袭来,天空中飘起了零散的花瓣。注目于枝头那坚毅的嫣然,这短暂的花期依然把美丽与春风共展。此时我竟然觉得她就是一个青春洋溢的女子,无惧冬寒的把生命的希望蕴育成季节里所有的热情。哪怕只是短暂的炫目,也会留下属于自己的辉煌。

思念是一把无形的刀,无法相聚的日子里时间被割成一段段惨痛的碎片,经久的离殇黯淡了青春的容颜。徜徉在四月的日光下,面对这灿烂的樱花,希望渐渐明朗。缓缓地行走,空中有零落的花瓣飘过。伸手捧接一个人的美丽,看着满地的落英,耳畔回响着你淳厚的心愿:"为一个幸福的久远,快乐、坚强!像盛开的樱花一样灿烂地活着。"

你的声音还在耳边萦绕,我在一场回忆里舒展了愁眉,露出会心的微笑。放下内心的沉重和迷茫不再去无望地叹息,重新把希望和幸福挂在眉梢。走近青褐色的枝干,把快乐贴满灼灼盛开的花间,聆听暗藏在其中的秘密。生命里的花开花落静默在季节的韶华中,随一份感动渐次开始蔓延!

安然地留连在静朗的四月,明年这个季节,你一定还会从樱花深处轻轻地向我走来。擦干思念的泪痕,放下重逢的迫切,展露青春的笑靥。期待着在静水流深的时光里,与你做一世的情牵!

第四章

一弯新月照你回

红尘错落，不经意的一次回眸，便曼妙了一份欣喜的缘牵。那日当我们从无意的对视里，打捞起湿漉漉的心跳，一粒思念的种子便落在沉寂的心湖，只因一场春雨的润泽便成长为相思树的幼苗了。莺飞草长的三月，思念的茁壮很快撑破了心城，你随一夜春风渡过了忘川的岸，我北方的早春里也沾染了江南的水色。季节的沉念处不再是孤单的徘徊；把坚定的步伐随你的心音一起，在长满青苔的青石小路上叩响真情的回应。

从此无惧尘世频袭的风寒，我总是扬起阳光灿烂的笑脸，让花香般的甜蜜在柔软的心底慢慢地流淌。牵手，微笑的眸子里洋溢着春天的气息；低头，旋起的笑靥漾动着倾醉的情怡。红尘有你，此生已足够！

你可知道当你爱上一个人之后，生命里又有多少为悦己者容的喜悦只因你而出彩？为你，我换上五彩缤纷的丽装，留起飘逸的长发，着一身湖蓝的碎花粗布长裙素手调羹。轻盈的简装只为你多年的最爱，你总是问这样会不会太委屈？我总在你感动的神情里莞尔。其实你不知道，当两颗心重叠在一起的时候，只因彼此的存在才是人生里最美的风景！

　　自从跟你离开了生活的城市之后，我们回到了生你养你的那个小村庄，每日尽情地徜徉在我们的家园，闲看庭前花开花落，静听绿野蛙叫虫鸣。柔情在每一个日子里流淌，生活不再有孤单的沉寂。五月的风随花香共暖，不经意的一抬头，庭院中苍翠的枝上已挂满灼灼的火红。

　　今年的石榴花似乎比以往开得更早一些，是因为我们共同真情的呵护吗？一块块碧绿的菜畦里，几只白色的蝴蝶在翩翩起舞，三两朵绒球形的蒲公英在微风的摇曳中，朵朵心伞随风飘飞，遨游在快乐的天空上。欣喜在我们同心的守护下，快乐的家园终于有了暖人的圆满。转身你已把刚刚采摘的还带着露珠的石榴花别在了我的发间，明丽的花朵伴着羞涩的红晕，映衬了一地的风景。

　　迎着你深情的注视，牵手在庭院里的石桌旁小憩，目光无声地传递着心的颤喜。泡一壶你最爱的白毫银针，放几朵亲手晒制的玫瑰花，山风在耳边做缠绵的轻绕。你曾问我："住在这山间，你觉得孤单吗？"

　　面对你这样的疑问，我坦然一笑。如果说这就是孤单，那世间又有多少孤单的人？自从跟你离开城市，我知道那些浮光掠影的喧嚷和虚无的繁华不再属于你我，只要能跟你在一起，哪怕再苦也无悔我青春的年华。你不知道只要有你相伴，一座小楼三两知己便已足矣，就是再清贫的生活我也能在一盏清茶里泡出生活的韵致。

　　袅袅的炊烟开始在轻拂的晚风里升腾，摘两把院前的青菜，采几朵屋后的蘑菇，做一盘清香可口的菜肴。当暮色笼罩了原野小院飘出的袅袅炊烟，眺望着你耕作的山坡，一曲婉转的小调在空旷的山谷里留下悠远的回味。我把目光里期盼的翘首挂在今夜升起的弯月上，在浓郁的菜香里指引你归来的路。

阳光渐渐西斜，虽然还没听到你熟悉的脚步声，但知道你马上就会回来，目光中自是一片明净的暖。遥想着你辛劳归来，把温情放飞在缥缈的暮色里，我一定会追随着晚风的脚步，在夕阳的余晖下把你相迎。

月亮爬上了树梢，还是没有你熟悉的脚步声，我一次次地推门张望，可仍无法寻觅到你的半点踪影。焦急和不安渐渐涌上心头，这世间最焦虑的便是漫长的等待。我曾记得母亲日日徘徊在山间的羊肠小道上，焦灼地张望着父亲归来的身影。而如今当这一幕在我的生活里真实上演的时候，我突然懂了母亲当日的心情。

会不会出了什么事情？无助的站在风里直到双脚开始麻木。惨白的月光把我的身影拉得老长、老长……心一阵一阵在树荫划碎的斑驳里摇晃，我蹒跚地回到屋里傻傻地看着满桌的饭菜发呆，坐立不安地在屋中徘徊……

笃笃的敲门声传来，欣喜替代了焦灼。迎面处一束带着露珠的山花高高地举了过来，露出你傻乎乎的笑容。只是你在一处陡峭的山涧发现了我最爱的兰草，便把迟归的不安留我一人承担。我啜泣着双手捶打着你的胸膛："我才不要什么兰花呢，只要你平安。"你微笑着刮着我的鼻子："真傻，能有什么事啊！就是路远回来晚了点，我这不是完好无损地回来了吗？"说完轻轻地拥我入怀，天空中的星星调皮地眨着眼睛，好像是在窥视你我快乐的幸福。

就这样静静地靠在你怀里，闻着你身上洋溢的温情和山花的气息。夜色已浓，柔情更酣，家已是安然无虑的围栏。一弯淡月笼罩着我心思的眷守，默默地对着月亮许下虔诚的愿：今生你不再是我隔岸的柳，只愿在红尘的静处，无悔无怨地踏着季节轮替的足音，与你一世相拥！

第五章

桃红含雨,柳绿春烟浓

暖暖的风贴着面颊轻掠,也掀起了额前的刘海。春天迈着微醺的脚步,踏碎了严冬的薄梦,缓缓地行走在原野的阡陌上,空气中弥漫了山水含情的清韵。

春天把眺望的眼神投向干枯的树梢,沉寂了一个冬天的枝叶睁开朦胧的睡眼,在春的期许里换上了鹅黄柳绿的新装。树梢上那欢嫩而微卷的柔软,可是你看我时眼里萌动的窃喜吗?

十里铺上的灞上长亭,那些排列整齐的烟柳早就葱郁了遥望的期待;随风舞动的枝条,为迎接你的归程铺排成清新的别致。我把凝眸的情深着色于一季的苍碧,枝杈上萌发的万缕情愫,早随那一片柔弱飘摇出梦幻的期许。从此执手再无晓风残月的伤感,这一个春天更是严寒酷暑交替后的第一次临场。

春风又绿江南岸,期待着这个三月你带着从容的行囊扬起旅行的风帆,在绿荫深处与我执手静看季节的客颜。想象着春日的暖意肆意地洒满肩上;

欢悦着岁月的年轮上有你刻下的过往。你踏着一个季节的清澈携了千年的诗风古韵飘然而至，随一夜春风得意，看尽长安盛景。

风如剪，裁出娇嫩的细叶；水含笑，闪动着愉悦的欣喜。曾经春风十里扬州路，谁看拂拂槛露华浓？就让我们静静地停留在季节深处相拥着留下一世的缘牵吧！繁华错落，你依旧给了我相依的温暖。凝眸处，单薄的衣衫底下包裹的不再是旅途的憔悴。风知道，那是跋山涉水的奔袭；云知道，荒原重新润染了你儒雅的伟岸。一滴温润的晨露，悬在欲滴的花瓣上，无声地泽润了我等待的沧桑。

今生我是你庭院中叶面上的晶莹，经年的盼望凝固成了千年的等待。当风随晓雾艳阳破晓时，花语被春风识破后，随意地挑染了尘念的束缚！

相聚，把温素的手轻轻地放在你宽厚的掌心，随你在季节深处做惬意的停留。我用孩子般的顽皮拂去你行色的浊尘，空气中回响着的是我们会心的微笑。这一季的相聚把冬的余寒无声地驱离。

携手走过，灞陵烟柳更胜江南烟雨，无惧春寒料峭。把曼妙的欢喜化作眼中盈动的温暖。踏春的季节喜悦由衷地飞上眉梢，熙熙的人群里有我裙袂飘飘的身影。徜徉在一片风景里听春娇嗔的细语，惹了你无尽的爱怜。你轻抚着我随风飘扬的长发，眼里溢满了无限的柔软，那可是春的眷恋？一切在静看中无语，那传神的侧目可是相知的心惜？这一季的相遇，远胜这无边的春色。

长安城南还是那旧日的桃林，千年过后依旧开满炫目的娇红，那些千年的守望早已灿烂成缤纷的花海。雀跃的同行里，有你的微笑悄悄掠过我的笑颜。古老的城墙，护城河水碧波澄澈，映出我们追逐奔跑的身影。看着绚丽夺目的桃花怒放成一树粉云，你说，这个春天，你和桃花都是今生最好的风景！

沉醉在这样的风光里，你静静地揽我入怀，真实的感触着脉搏沉稳的跳动。在这迷人的花香中沉湎，一阵微风拂过千红坠落，空中便下起了桃花雨。我伸手捧接凋谢的花瓣，扬手把它洒向有你的天空。转身走进落英缤纷的季节，身后落满了一地的开怀，笑语盎然中更有你阳光般的身影！

夕阳西沉，几只布谷鸟轻盈地落在风中摇曳的柳梢上，三两游人意犹未尽地在这如画的风景里尽享这春的妩媚。大好的春光，纵然花开有序聚、散有时，可我知道时光终会在轮回中更替如故，从此不再有似梦的清愁。恋上这个季节，体味着你柔软的轻盈的幸福是永恒的眷恋，来年在这里我们依然是同行相牵。

原上草离离，却会岁岁枯荣。这个季节心有了流云般的飘逸，畏寒的惧不再是躲闪的沉潜。心无杂念，就这样轻轻地挽了你款款地行走在时光的深处。看红尘阡陌，姹紫嫣红。无痕的光阴里开出一世的繁华，嗅着空气里飘散的淡香，我把似水的流年贴上时光的标签，赋予这一段真情的相拥。静看花开有声，细听春雨无眠。相惜的醉意早已潜藏在过往的流年里，心愿随这份千古绝唱的真情摆渡。君可知否，这样的季节，我只在你的心海，做一世的停留！

第六章

月移西楼梦怅然

　　形单影只的孤离早就在青春的花事里落地生根。十指轻弹，流年暗换。是谁还在向晚的夕阳下，把一曲忧伤的轻愁，唱响成千年的哀怨？

　　花红柳绿的三月，春光明媚，彩蝶蹁跹，和煦的春风早就吹绿了你的南岸；我却在流年的彼岸里不顾世俗的风寒，把青春的花语催开成盛大的怒放，流放在有你的恒远里。我不知道，在这物欲横流的浮华时代，我们这一份隔着地域的爱情到底能走多远？

　　把思念的瘦颜挂于你期许的枝头，只为朝朝暮暮岁岁年年在有你的生命里勃发成枝头娇嫩的芽，灿烂成满山的花红。此时不为子规啼血的哀思，只为在这春暖花开的季节，为我生命里的倾城华舞，献上一生的绝世繁花。哪怕是终有荼靡的落幕，我也会因为曾经的灿烂而一笑嫣然。

　　曾在翠萍浮聚的寒塘边把内心汹涌澎湃的暗潮，藏于那一波碧翠的池底。原以为这样的婉约，就可以躲过宿命里的心结千千，却不成想，清风拂过那一段哀怨缠绵的箫声响起时，我便不再是寒塘里那朵沉睡的莲。我从千年的湖底走来，剥开莲的层层外衣，洒落了一地的清绝。展现在你面前的是我一颗散发着芬芳却又带着苦涩的、早就被你种满相思的莲心。

我是你千年的梦吗？一滴温润的泪从明亮的双眸滴落在你紧蹙的眉心。剥离染尘的杂念，把几世期许的温暖挂在喜悦的唇边。在你夕阳临近的柔水深处，我踩着诗词的韵脚，着一件以深情为丝的霓裳，从白露为霜的秋水深处不辞千里跋涉而来，去赶赴这一场缘定三生的相约。素手轻挥，拨开世俗的层层迷雾，空气里重新散发着清新的莲香。

从此我不再是一个孤傲的女子，我把梦里花开的心事轻轻地安放在你的掌心，你的手中可是我孤寒清梦的围城？你的梦里可否给我心仪的呵护？期待着你用宽厚的温暖为我围成坚固的心墙，就那样在你真情的相拥里做一世的流连。

几声清脆的鸟鸣，惊飞了曼妙的遐想，目光顾盼的流转间我还在我的彼岸徘徊。恍惚的记忆中，闪现出你梦呓般的痴语："如若有一天我们老了，我有一天先你一步离开了这个世界，你一定记得要好好地活着。"我把颤抖的苍白轻轻地抖落在不愿深想的缝隙里，转手给了你一段张爱玲的《霸王别姬》里虞姬临死前和项王的对话。彼岸的那边，我却分明看到了你颤抖的无言。如若我就是你苦苦追寻了千年的梦，或者你就那个握我莲心的男子，相信我的这份深情你懂！

在这春光醉人的向晚暮色中素手起落，拨动的却是起落回旋的心弦。一曲忧伤的箫音，在隔世的呢喃里轻轻地回响。层云深处，春风也剪不断相知却不能相守的哀伤，幽独地品尝着心念起伏的醉意，只能把这溢彩的柔情随风轻颤。我要把这份浓浓的情义，轻轻地编织进那件我只为你而舞的霓裳。

  几阵清风拂过，空气里有流动的莲香；我以细雨的绵韵仔细而密密地斜织着真情的心网。如果此时那浮着青苔的青石小路上，正有淅淅沥沥的小雨飞过你的脸颊，请你抛开天空下那柄油亮的纸伞，以欢愉的相拥纳我入怀。那时我会在天青色的烟雨情韵里，洒落一地的娇羞。

  蓦然回首已是星残河汉浅，西移下沉的新月微微地翘起顽皮的笑脸。我把满腔凄然的眺望融进那皎洁的月光里，洒在你安然熟睡的枕畔。不知此时在半梦半醒之间，你会不会微微扬起那张俊朗的笑脸，来承接我醉意的相看？

  泪眼看花蝶影单，鹤渡寒塘萧声残。云锁春风怎堪剪，月移西楼梦怅然。

第七章

梨花似雪尘如烟

三月长安草如烟,一夜春风梨花雪。

又到了春光烂漫、芳草凄美的三月。那些美轮美奂的各色花儿,也在季节的召唤下露出了迷人的笑脸,然而在众多的乔木花卉里,我却独爱梨花。

独爱梨花并不是因为它那一枝梨花春带雨的清丽绝色,而是爱它那纯白如雪的素净。尽管世间繁花万千,然而却没有一种花能够比拟梨花那种纯净而略显薄凉的白,仿佛它们生来就带着欺雪的寒凉。因此在古人描摹雪的时候,总是喜欢拿梨花来比喻,"忽如一夜春风来,千树万树梨花开"便是最好的佐证。

当迎春花灿烂地展露出金黄色的笑脸,春天便悄悄地向我们走来了。春天就像一个多情而温柔的儒雅男子,他只需要微微地放开那张紧绷了一冬的面孔,大自然的那些花儿草儿仿佛就像得到自己钟情的男子暗示一样地欢喜,紧紧地跟在他的身后欣欣然地迈着轻快的步伐。

然而春天的心思总是变得太快,当那如霞似火的桃花还没燃尽所有热情的时候，春天便又悄悄地靠近了那一片褐冷寂静的梨树。只是一夜春雨的润泽，前几日还是灰冷沉寂的枝头便挂满了白色小风铃似的花苞。如果说桃花是一个热情奔放的女子，那么梨花便是一个淡雅沉静的女子，总能让人在一片寂静的惆怅里找到落落的清欢。纵然这世间有万般繁花似锦的风景可供描摹，然而却没有一种花能像梨花一样拨动我的心弦，依稀还记得年少时那段风花雪月的往事也与梨花有关。

尽管时光在季节的寒暑更替里过去了很久，可那年那月的梨花却仿佛还带着春雨后的芬芳，一次次在我的记忆里鲜活地盛开。彼时春风荡漾，芳草茵茵，曲江池畔多丽人，醉人的春天美得就像是一幅水粉画。一朵朵靓艳含香的梨花，尽情地在大好的风光里绽放着绰约的风姿，我们就那样惬意地牵手徜徉在花海深处，彼时的我们便是春光里最美的风景。你拉着我的手对着繁如星辰的梨花祈愿，你说我们要永远在一起。我微笑着问你永远有多远，你浅笑不语，风里有我娇嗔的嫣然。

那样的岁月多美啊！那时我们都是鲜衣怒马的少年，一些醉意的相看里总带着窃喜的慌乱和童话似的梦幻，很多欢愉都被我们留在了曲江池畔那些静雅生香的梨树下。那时我们总天真地以为青春很长很长，以为人生有太多的时光可供消遣。因此我们总会坐在那些梨花淡白柳深青的春光里发呆。可很多命运是我们无法改写的结局，我们遇见了故事的开始，却永远无法提前预知我们的结局，很多诗情画意的故事最后都经不起世事的蹉跎。

尽管现在早已过了为赋新词强说愁说的年纪，可每当回想起那些无限美好的时光，连此时的风里都好像带了那时梨花的清凉，内心总会不由自主地蒙上一层浅浅的惆怅。或许这便是生活，那些回不去的青春，得不到的人都会在若干年后，让我们有一种怅然若失的遗憾。

几许伤春春复暮，一枝梨花春带雨，这只是旧时光里少年的浪漫情怀。都说相思催人老，然而时光却是疗愈情伤最好的药，生活到如今，我们只能活在当下也只有当下，一些失落终化成年年赏花独嫣然的清欢。

到如今对梨花的挚爱，除了它那冰肌玉骨的素净清雅之外，最主要的还是欣赏梨花那种淡然温婉的寂静个性。无论其他花儿怎么争奇斗艳，梨花只沉静在自己的世界不喜不悲，寂静而冷冽地开着。而这种冷冽并不是失去了生活的温度，却恰恰体现了它们热爱生活、不染杂尘的品质。

我眼中的班婕妤就是这样一个如同梨花般的女子。有着绝世出尘的容颜，也有着梨花的清婉，尽管她的一生都带了薄凉的忧伤，然而更多的却是无端地叫人敬畏而怜惜。这样的女子更无须梨花妆的点饰，它存在的本身便是梨花那卓然的清婉。或许酷爱梨花的女子或者神似梨花的女子，本身就带着一股清凉的寂寥和铮铮的风骨。

人这一生总要经历太多的尘世冷暖，当我们走遍世间的千山万水，看懂了人世百态之后，还能够像梨花一样淡然而寂静地活着，把生命活成一份独自嫣然的清丽景色，就是光阴对我们最好的厚待。

如今长安依旧，梨花胜雪，那些白色的花瓣上仿佛还带着那时岁月的馨香，可我们的青春却早已散场。时光总是太匆匆，年年相似的景致还在岁岁人不同的相看里重现，可很多故事却早已是回不去的昨天，只能在时光碾碎的烟尘此去经年。

第八章

花开倾城，刹那芳华为谁舞

  花开倾城，华月无边，小楼佳节独自寒。落叶化蝶舞蹁跹，几分落寞，几分璀璨，秋雨秋风伴无眠。

  晚秋的风席卷出单薄的凉意，漫步于冷清的庭院，在如水的月光中看金黄的菊花开出一世的灿烂。就这样独依了栏杆嗅了菊的芬芳，任思绪在月华下漫舞轻眠。而我心中的你，不正是这菊的化身吗？你那么淡然，淡得就像一缕风一样。你见了谁都带着淡淡的笑容，从你的脸上看到的永远都是风轻云淡的微笑，很多时候我真的怀疑这世间怎么会有你这样的男子，仿佛所有的人都游离于你的目光之外。

  携一地的秋风伫立于月华正浓的夜晚，在臆想中去追逐你过往的千年。春风唤醒了大地，百花争鸣了春天，你以固有的姿态盎然长成了一片葱郁的苍翠，那是岁月赋予你的葱郁。而在这万紫千红百花争艳的春光里，你只是静静地染绿了早春的庭院，秋风凋谢了花红，时光苍老了百花的容颜，而你还在属于你的季节里静静地守望，我知道那是光阴对你的磨炼。你说宁可寂寞开无主,也不无故追逐风和雨。

那次公司里的那场晚宴,当我姗姗来迟地走进会场时,大家已在一片歌舞升平的繁华里欢快起舞。而只有你静静地坐在那里,握着一杯红酒像整个世界都被你遗忘了一样。我悄悄地拿目光扫了你一眼,不想你却觉察到我的到来,你向我投来了灼灼的目光,然后邀请我跳舞……

或许有的人,只那么一眼便注定会走进心中,你的眼神那么温暖仿若是柔弱中带伤的泪光。我紧张地看着你秋水一样漫过来的眼神,细心地揣测着是不是你也不想在这喧哗的春光里繁花落尽之后,再在下一季的轮回中寂寞黯然?不是春露也染红不了你固有的容颜吗,为何你却在一场迟到的相逢里对我投来这么热烈的目光?

我看到你眼中深深地期待,但却微笑着拒绝了你的邀请,因为我知道这世间不是所有的美好都需要去拥有。有些事或者有些人,一旦在错误的时间相遇,便注定只能在时光的交错里背道而驰。

你一天天地暗淡下去,不经意地对上你的眼神,我看到的是满满的忧伤,那么浓那么深。或许是理智终于战胜了感情,你走了,就那样黯然神伤地离开了公司。我不知道你去了哪里,或者这就是我们最好的结局。春露都不曾改变过你孤傲的本色吗?却为何在这几尽萧瑟的深秋里,你却灿然地绽开,姗姗来迟地展露出你生命的笑颜?

既然一场宿命的相逢里无法携手,就让我用一场文字的盛宴把这份迟到的爱恋描摹成璀璨的风景吧!雪小婵在《银碗盛雪》里说:错过了早春的爱情,便只能在文字里同居,因为它们别无居处。你看,这样曼妙的想象也是一样的醉人心神。

彼时的你开满了一城的金甲，在这落叶飘摇的秋里倾尽了一世的繁华。我看着你那灿烂的笑脸，内心涌现的却是苍凉的忧郁，你的真情和深情我都懂，只是注定了我无法做出回应。既然我无法拒绝，也无力拒绝你一世的灿烂，只能在这清冷的秋日狠心地装作看不见，于是凄然地转身不再去看你这一季的耀眼。或许寒霜过后，这金黄的花就会开败凋谢吧？秋霜萧瑟之下又哪来的长开不败的花呢？仰望着这清冷的夜空，曾几回，涟涟的泪水伴着遥想的梦魇，在一个个孤灯未灭的夜晚里飞舞轻眠，我只能在点点的泪光中对着嫦娥轻叹。

当所有的繁华落尽，终归一切都会寂静如烟。不是吗？生命里又有多少繁华是我们能够永远留驻的？我们都是红尘的匆匆过客，再美的爱情也需要在对的时间里遇到对的人，否则一切都只是枉然。在这如水的月光下，我静静地依在栏杆，看着落叶和着月光一起在这样一个收获的季节里轻舞飞扬，任飘摇的思绪在冷月里一点一点地黯淡。我知道你的花期一过，最终一切都会如烟飘散，虽然我会遗憾，但却不会后悔自己的选择。

秋霜过后，再次漫步于幽冷的庭院里，一盆在墙角枯萎的菊花让我瞬间想到了人淡如菊的你。尽管那盆菊花早已枯萎，可是那一朵朵金黄色的花朵却朵朵不败，就那样傲然地挂在被风干枯了的枝头。捻起枯黄的花朵，把它别在自己的发间，拿着错过花期的花朵在手竟无语凝噎。在这呼呼的寒风中，在你飘摇的身影背后，我仿佛看到了你盛开时的璀璨，霎时婆娑的泪水早已迷蒙了双眼。摘下几朵枯萎的花朵，想象着你盛开时的明媚灿烂，心疼和无奈的眼泪一滴一滴地流下。时间永远不会矫正过往，很多人很多事错过了便只能留下永远的遗憾。

"东篱把酒黄昏后，有暗香盈袖，莫道不销魂，帘卷西风，人比黄花瘦"。红尘一步苍海万年，看着你在我的目光里开出一世的繁花而我却无力回应，因为前面的道路雨重风寒天涯路远。很多时候我们的生活里不只是爱情，所以很多的抉择里也不可能只有任性。今生我注定飞不过那道沧海，我只能遗憾地看着你这灿烂的黄花在秋霜中风干却无力回天。回想着你那决然地盛开，其实你不知道，你一定不知道你那幽幽的暗香，岂止又只盈满我的衣袖？那幽幽的清香其实早已充满了我的心田。

今生于我只能在黄昏的风雨中，用一份岁月的静好去祝福你的天涯里有春光明媚的灿烂。在每一年菊花盛开的季节里，或许我对你的祝福就是那菊香嫣然里纤柔的花瓣。如果说这尘世还有来生，我定然不会让你独自在风雨中黯然。如果来生我们还可以重逢，你可否为我再次盛开你这一世的灿烂？

第九章

疏影移竹叶惊风

　　雄鸡破晓，寒夜凄凄，一壶茶斟不尽满溢的思念。当最后一抹幽蓝被朝日的金光刺碎，茶几的另一端终究没有等到你到来的身影。

　　我曾无数次地翻阅那张让我过目难忘的照片。那是一个晴朗的下午：微风凉，竹依依，照片里的你就那样静静地依偎着一片苍翠的竹海，双手抱臂飒然淡定地抬头看天，并且微微浅笑。而竹海的右上角，那西斜下沉的残阳里有几缕薄暮的余晖正柔柔地穿透竹林的缝隙，在地上留下斑驳的剪影。

　　目光在这样的画面上定格：不知道是竹映衬了你，还是你点缀了竹；亦或是在那样的时光剪影里你们相互成为彼此的背景。一阵微薄的风吹过肩头，竹林里便轻轻地卷起一波又一波小小的绿浪。那沙沙的低吟，不绝如缕的摇曳出的可是你那一曲曲苦涩的心音吗？

　　我探索的目光穿梭过葱老的竹林，随你追逐。烟雨凄迷的三月，南山的新竹只因了春风的召唤，在雨水的润泽下一夜之间便鳞次栉比地破土而出。它们怯怯地伸出了翠嫩的尖，迎着和煦的阳光，几经春风的爱抚便茁壮地成长起来。遥想你的到来，可是惊醒了新竹几世的幽梦？三月的春风温柔地吹着，只是一季那娇嫩的笋便长成葱茏的模样。

把目光投向画面，依竹而立的身影修竹般的挺拔。纵然是清新脱俗的竹，也掩盖不住你眉清目秀的容颜。如果命运与时予你，想必你的人生也会和那片竹海一样葱葱郁郁吧？

轻轻地扣上照片，思绪在你的生命片断里游离。想你的当年，是用怎样的不屈，艰难地跋涉在每一个能扎根的地方？深山的丛林里曾留下你独自跋涉的足迹；荒芜而辽阔的平原上也有你踽踽独行的身影；甚至是苍凉的沙漠里至今可能还回荡着你那因为不甘命运的蹂躏，而发出的凄厉而无奈的长啸。一方如血的残阳下，孤单地游走着一个为了梦想而执着地去跋涉千山万水的灵魂。这该是怎样的一种坚韧和执着？或许你的前世就是那迎风而立、随遇而安的竹吧！只要哪里有土壤，你就可以在哪里扎根；就算是给你一片砂砾，你也一样能长成一片葱郁的苍翠！

看着一根根竹子渐渐地长高，我仿佛听到了竹在拔节时的呻吟和脆响。我把目光凝聚在你的身上，不经意间竟然发现你的额头有了些许皱纹。想必这就是在你挣扎的过程中，时光给你留下的印迹吧？在拔节的疼痛里，你会哭泣吗？

经过季节的凄风苦雨和人生的严寒冰雪，虽然你也曾被压弯了腰，可是只要风雨冰雪过后，你依然挺直柔韧的身躯。人生不经风雨，又怎能见彩虹？多少的寒风凌虐之后，你还是一片葱葱郁郁的苍翠！是的，你可以骄傲地对风雨呐喊，你终于把根稳稳地扎在了大地上。

矢志不移,脚踏实地,顶天立地,这就是依竹而立的你吗?在你与竹融合的照片里,我的遐想穿越了时空的界限。春花秋月,冬寒酷暑,只要看到那片苍翠的竹海,心里必定升腾起一股凉凉的惬意,空气里必然也会飘着淡淡的竹香。看着照片中风华正茂的你,脸上瞬间堆起了无数的笑意。

有月如水的夜晚,你会不会和着月光在月影下随风摇曳,从而对影成双?一袭白衣胜雪,任那一支优雅的洞箫飘扬出千年的哀婉缠绵!我想在这样的夜晚,最雅的事莫过于采集清冷的竹露,煮一杯上好的香茗。或许这个时候最美的意境莫过于你便是竹,竹即是你了!

用你的坚韧扎根于大地,用你的苍翠撑起了一片天空。在这片翠绿的天空下,又是谁需要你来遮阴?你挺直身骨豪迈地说:"那是我的责任!"我却分明地看到从你那苍翠的叶子上,滚落了几痕清露。是然,斑竹点点可有你曾经黯然的泪滴吗?

冬至天地山川裹素,你的肩上虽然披着静白的袍,却依然蹁跹。月映清辉如水,斗室里你我相对无言。在四目相对的凝视里,有彼此波澜不惊的回忆,时光在此无疾而终。

续上一杯苦茗,任凭观音茶的清苦随余香在空气中氤氲。心定之后我深深地嗅着茗香,恍惚间你笑了,峰眉如蹙。你不知道,红尘有你,我不动声色地将你刻在时光的流里。庭院里的竹沙沙作响,那是我早春后移栽的新篁,而眼前忽然浮起的依然是岁月的轻盈。

一段时光的差距,上帝将一切错过。柔弱的女子总是需要守护,而这一切终归是守望的凄切。我是你想的那个如兰的女子吗?那个愿意在红尘深处,寂静与你相依相伴的女子？

　　喝完最后一杯茶，余留的涩萦绕不散。不舍你的眼睛，不满你的冷静。

　　思念依然前行，流光卷袖；生命如白驹过隙，留明待月复，三五共盈盈……

第十章

还爱着你,是我说不出口的秘密

当我把一些心事点染成春光里独自妖娆的三月桃花,你却带着雨雾一样的迷离游离于我的世界之外。对于情爱我一向是个冷静的女子,却与你在一场不期而至的重逢里乱了方寸。你是我前世的劫吗?为何只是一次意外的相逢,便叫我如此的心慌意乱?

你像春天里能让人生命复苏的一缕柔风,顽皮而狡黠地挑撩着我的心事。我以为你是真正懂我的那个人,当我诚惶诚恐地把一颗真心放到你的手心,你却带着翩然的风采冷酷地离开了我的世界。

那只是我自己荒凉的一个美梦吗?我常常这样问自己,我甚至给了自己千万个理由,你不是一个无情的人,可所有的等待都证明那只是我自欺欺人的安慰,我不得不接受你留给我的这样一个事实。我一直不愿意相信,像你这样的男子,怎么会用这样痴缠的情话去魅惑一个善良女子的心呢?可你用单方面不再联络的事实告诉我,你我的故事只不过是由你单方面导演的一场戏。而如今曲终人散时,你从容而安静地退了场,只留我一个人在舞台中央。

当所有漫长黑夜里无尽的期待都演变成一个人落泪的回忆,当所有的思念都变成我一个人孤独的忧伤,当我在一些幸福的遐想里一遍遍重温着你的诺言,而最后却发现那些甜蜜的记忆不过是刹那间芳华,我终于从一场繁华的醉梦里醒来。我把那些无言的伤痛倔强地收起,从此展露在世人面前的是我最优雅的笑意。因为我不是鲁迅笔下的祥林嫂,更不会再把一些命运里的悲苦演变成别人嘲笑的谈资。

一些疯长的情绪终于躺在记忆的角落开始安静,你还在你的世界里行走,而我却在你留下的伤痛里蜕变自省。我不再说爱你,因为爱情是一份可遇而不可求的心灵归宿。当你不爱我时,我只能把自己的那颗真心偷偷地藏起来,我用无数的云淡风轻来笑着关注你的消息而不再打扰你。你一定不知道,我仍然在想你;你或许更不知道,你早已成为我人生的某个坐标。

当我把所有的想念都化成飞越沧海的那只蝴蝶时,我的内心已不再是苦楚的忧伤。我想你时,你就是三月里灿烂的春花;我想你时,你就是那西窗下皎洁的月华;我想你时,你就是秋雨里缠绵的情话;我想你时,你就是我冬日里温暖的红茶。

请允许我在自己的世界里想你。昨夜我曾梦见你一脸微笑地朝我走近,梦里的你温柔得让人窒息,我看着你伸向我的手喜极而泣,你连声地说着对不起。尽管这只是一个梦境,可是醒来后我落下了幸福的泪水,你一定不知道我是如何的爱你。

相爱是两个人的事情,而爱情绝对是一个人的事情,那时我爱你只是站在一个期待共鸣的角度，我期望长成跟你并肩开花的那棵树。你一定不知道那时候的我卑微得如同路边的一株小草，仿佛每天等候你的消息就成了我生命里永恒的主题。而你最简单的一句话就能轻易拨动我的心弦，尽管我们相处的时间短暂得就像瞬间在夜空爆炸的烟花，可是你的每一句话我都清晰地记得。不是我记性太好，而是在你说的时候我听得很认真，你不会知道那时的我早已把你的每句话都刻在了心底。

而如今我仍然爱你，而且是那么深刻地爱着你，但是我却不再期待你的回应。我只是遵从了自己的本心，自己在这一份荼蘼之后的落寞里寂静欢喜。其实你爱不爱我，都已经变得不再重要。如果有一天你说你爱我，我会回应你，因为我一直在等你；如果你再也不会记起我，我会把这份爱深埋心底，永远不会再向你提起，但是不管你在哪里，哪里都有我最深的祝福和情意。

你一定不知道，我竟然是如此痴情的一个女子，人这一生说长却短，很多美好一旦错过便会是一生的遗憾，与其让自己在错失的遗憾里后悔，不如尊重自己的内心而顺其自然。尽管你曾经走进过我的世界，你却没有试着去懂我，我不怪你，我真的不怪你。这就是你我的天意，也是宿命，我们在一场毫无预期的相逢里走近，却又在一场必须离别的走远里分离。你若是天边翱翔的那只鹰，我就是天边飘然的那朵云，我们只在重逢的刹那相伴一程之后，再飞向各自的目的地。你有你的方向，我也有我的轨迹，我们只能在重逢的那一刻相互辉映。

尽管时光过去了那么久，可那些望穿秋水的等待里，爱你到永远已成了我心底永远结痂的秘密。等到我们都白发苍苍时，我还能以朋友的名义去和你重逢。我们品茶、聊天，却唯独不提爱情。你一定不知道，依然爱着你是我内心深处隐藏了一辈子的秘密。

第三卷

心如素简，书香氤氲

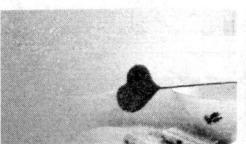

第一章

爱已凉，情未央

都说雪小婵的青春小说很有味道，在我的印象中只知道它跟爱情有关，却从没有细细地品过。终于觅得几日闲，在桂香薄凉的早秋里携了她的十年典藏文集《蝴蝶 蝴蝶 我爱过你吗》和《爱已凉》，去完成一段孤独与惬意交织的旅行。

列车的广播里缓缓地传来播音员那甜美而轻柔的嗓音：旅行，是从一个地方到另一个地方；而人生，是由一段一段的旅行组成的。侧目注视着窗外纷飞的秋雨，列车在飞速地前进。我知道我灵魂之外的旅行，已在这滚滚的车轮声中进行着。那么我灵魂的旅行呢？就让它从手里这本飘散着墨香的文字开始吧！

或许一种颜色代表的就是一种心情。银白色的封面透着灰冷的色调，一如她的文字：悲凉，颓废。或者更是爱情落幕之后的清冷，如瓷器的断茬，惨白而苍凉，让人隐隐地心痛。

文字里一段又一段的爱情故事，正如她所描述的合欢花一样，在盛开的时候奢华、热烈，恨不能倾其毕生的繁华，哪怕就像烟花一样只有片刻的灿烂也要燃尽一生的光芒。而一旦故事结束了留下的只是满地的落寞，悲凉的心境更胜杨贵妃秘史里的《凉州曲》，虽然表面释然，但沉重却无处不在。

　　文字的主人公，男的都喜欢穿白衬衫，有着薄凉的气息。或许正是因为这份薄凉，在与热烈绽放的青春气息的对比下，便多了一份迷人的风采。女的初时大抵并不怎么漂亮，就像一枚青涩的果子，含蓄而羞涩地挂在青春的枝头。在那些姹紫嫣红的青春里，有的甚至卑微地把自己埋在红尘深处，无怨无悔地为自己深爱的人默默地付出。她们总是期待某一日在风雨的磨砺里蜕变成蝶，终能以四溢的姿态，把娉婷的风姿展现在心爱的人面前，那是一段心灵深处孤独的舞蹈。

　　可她们忘记了，自己虽然蝶变了，可时光也在变迁。自己深爱的那个人，不可能永远留在原地。爱情或许真的很脆弱。雅的，俗了；而俗的，却雅了。在生活面前，在时光面前，很多人很多事都是单薄得如同蝉翼。那些纯真的不食人间烟火的男主角，由最初的棱角分明地变成了最后的圆滑世故。女主角那种誓死不渝的爱，只在这苍老的时光里被这细碎的烟火味一点一点地熏染变色，最终成为不复存在的泡沫，随着感情的浪潮一一退却。或者按照故事的脉络，可悲的只是故事的男主角。其实换个角度想一下，作为女主人的自己又何尝不是世俗了？

　　在那样的故事里，爱情到底是什么？谁又是谁的谁？人生真的一直能保持初见时的惊喜吗？如果真有，又哪来的纳兰性德的"人生若只如初见，何事秋风悲画扇"的感叹呢？

爱情是一种神圣而奇妙的感情，容不得半点虚假。特别是在物欲横流的今天，很多人的爱情观更是一日千里的变化，让人看了触目惊心。如果真的爱了，就算那个人变成外星人，他也一样还在你心底，挥不去，抹不掉。就像张爱玲和胡兰成，虽然胡早已不是当初的那个胡了，可在张爱玲的心里，他却永远是生命里那道最深的烙印。最深的爱是一份不求回报的禅意，就像仓央嘉措的诗一样："你念，或者不念，情就在那里，不来不去；你爱，或者不爱，爱就在那里，不增不减……"

生命不老，真情常在。人无完人，再美的玉也有瑕疵，每个人或多或少都有这样或者那样的缺点。生活正是有了这些无伤大雅的瑕疵才静美生香，那些完美无缺的爱情故事只是作者虚构的童话故事。因为我们永远只能在红尘纷扰的烟火味里真实地存在，谁也无法免俗。而那些初见时的美丽光环，只是在当时我们都用一种崇拜的眼光去看对方，把优点无限放大，把缺点无限缩小的缘故。而一旦走得近了，则相反。因此每个人都在感叹，你为什么不是当初的那个人呢？

想到这里我轻轻地笑了。文字里的那些薄凉只是一种善意的提醒，因为它还原了我们生活的真相。蝴蝶，蝴蝶，我是真的爱过你！纵然在那些墨染的故事里，有的爱早已凉了，有的情也并未能结果，但我知道我们对爱情的期待将永不停歇，有一份真情自在我们心中！

几只鸟儿，正轻快地划过天边，目光可及的，自是鸟儿羽毛里那份轻柔的温暖……

第二章

也说静水流深

  常常在书城那一排排飘着墨香的文字里流连,但真正能被我抱回家的却并不多。或许正是应了那句话,各花入得各人眼吧。能被我收藏的书籍大抵都是像牛筋一样,有嚼头耐回味的类型。习惯在闲散的时光里,用一盏清茶的韵致和墨香熏染的哲思去洗涤红尘世俗里的烦躁,从而还原一段生命的质朴。

  随手的翻阅中,一本著名作家赵万里的《静水流深》扑入我的眼帘。静静地注视着浅黄色的封面,一条墨染的河流在黑色的静水流深四个大字底部蜿蜒流淌,心中便有暖暖的情愫喷薄而出。再迅速地浏览了目录,我知道我与赵万里的文字又是红尘里一次机缘纤巧的邂逅。

  人说无知者无畏,而作者恰借书法家对静水流深这四个字深深的敬畏之情,把对静水流深的感悟上升到一个凝重而又有质感的界面。静水流深到底是什么呢?是作者笔下书法家对文字的深深敬畏,还是清晨辽阔大海里那种无边无际的寂静祥和?亦或是投入河心深处的石头,在不能激起任何浪花后的神秘莫测?

记得老家有一句俗语"满罐子不响,半罐子晃荡"。它的大意就是说:你若挪动在罐子里装了一半的水,它往往会摇晃得很厉害;而一旦装满了水,你动时反而不会发出声响。在我们对事物一知半解的时候,往往也是坐井观天晃荡得最厉害的时候;而真正到我们功德圆满的时候,反而会虚怀若谷地追求心底的那份坦然和宁静。

静,是生命里含蓄内敛的一种状态,它需要我们在漫漫人生旅程里不停地去求索和修炼。相信每个人的人生,都会由"晃荡进化为不荡",那需要一个过程。流,是生命里蕴含的一种内在的动感的能量;是滴水穿石的坚毅;更是"不积跬步,无以至千里;不积小流,无以成大海"的深远。而深,则意味着修炼圆满之后的蕴藉,它是我们人生路上不断求索修炼的结果。

只有懂得静水流深哲理的人,才会令生命更加地灿烂芬芳。纵观文学的历史长河,又有多少圣贤因为深深地懂得了静水流深,在文学的殿堂里长青不朽。

诗仙李白的人生只因为在政治上的不称意,而流向了散发弄扁舟的理想。一卷书,一叶舟,一壶酒伴着他在生命的长河里经历颠沛流离的磨砺,而流向了他生命理想的高峰。那种天生我材必有用,千金散尽还复来的自信和豪迈,不是对自己生命最好的审视吗?陶渊明把一种宁静致远的人生追求,放逐在悠然采菊的田园生活里;而苏轼更是在自己政治失意被贬黄州之后,还能在一场风雨的袭击里吟唱着一蓑烟雨任平生的豁达。光是这份坦然和不畏风雨的人生态度,便让他们的生命流动着异样的光彩。他们留给我们的,不止是流传千古的名句，更是一种精神的慰藉和鼓舞。

不记得是谁说过，我们的生活存在着诗意的缺失。是丰富的物质，给了我们精神的空虚和浮躁，还是我们总是在不断膨胀的欲望面前，把自己随意地放逐，以至于最后自己的心田杂草丛生，荒芜得吸收不下一点纯净的养分？

生命是一条日夜不停奔流的大河，在我们生活里更多的是缺失一种搏击风暴的信念和勇气。我们不是茫然地行走在黑暗的海上，前方正有无数伟人用他们的智慧为我们导航。穿梭在那片壮阔深邃的文海，一盏盏智慧的明灯正在发出灿烂的光芒。我眯起眼睛，一簇簇跳跃的火苗正在我的瞳孔里闪耀。轻轻地合上书本，我想每个人的生活都会因为这静水流深的质感而静美生香！

第三章

爱情,不是魔法游戏

最近突然喜欢上莫小米的文。简洁之中透着聪慧,聪慧之余却又留下无穷的回味。她在《魔鬼身材》中这样写到:

有一个有着魔鬼身材的女孩,她的美丽让人眩目。女孩被两位搞艺术的人同时爱上了;不幸的是,她也同时爱上了这两位艺术家。

其中一位是美术学院画油画的,而另外一位是服装设计师。两位艺术家为了人间这位绝美的天使都陷入了疯狂。艺术创作,疯狂便是最佳状态。油画家说女孩是他画里永远的模特,设计师说从此只为女孩设计衣服。尽管两位艺术家都知道对方的存在,可为了他们心中的这件"艺术品",他们都可以忽略。

有一天,油画家以画油画的眼光建议女孩,你再增重 5 公斤,就符合我的审美标准了。女孩是那么的爱油画家,她当然照做了。

然后又有一天,设计师以服装设计的审美要求建议,你再减去 5 公斤,就更符合时装的审美要求了。女孩也是那么的爱设计师,她也照做了。

尴尬的事情终于发生了，当油画家要创作一幅送展国际大赛的作品时，他发现女孩过于嶙峋；而当设计师要展示一款他的最新时装时发现她过于丰腴。爱情的力量再神奇，然而人的体重却不能用魔法增减。两个男人发现了事情的原委，终于同时弃她而去。

最惨的却是在她投河自尽后三天三夜，在船来船往的河面上竟然没有人发现。人们以为，那只是临水时装店里的塑料人体模特，一切只因为她那魔鬼般的身材。

看到这里我不仅为女孩觉得悲哀。张爱玲说，爱一个人，可以爱到把自己低到尘埃里，并在尘埃里开出绝美的花朵来。我不否认，如果真爱一个人，是可以为他（她）牺牲一切的。可试问这样迷失自我而换来的，就真的是爱情吗？一味逢迎，就算两个人真走到一起了，每个人因为不同的成长环境和经历，都有自己的个性和处世原则，总有一天也会表现出来。又怎么经得起时光的打磨，又如何能够天长地久呢？即使勉强地开出花来，也绝不会再结出甜蜜的果实。

爱情是什么？记得《思想道德修养与法律基础》教材里是这么解释的：是男女双方在相互吸引的前提下，以平等互尊为基础的，具有排他性的一种能使双方愉悦而专一的情感。这就是说，在爱情里，必须要懂得相互尊重。不是因为我们走近了，就可以把自己的意志强加于对方的身上。也不是因为我们相爱了，我们就可以代替别人的成长历程。虽然我们相爱了，但我还是我，你还是你。因为有了爱情，我们需要在一份心灵的契合之间，用一颗真诚的心，去与对方的灵魂一起高歌共鸣。

所以文中的女子注定了她的悲剧结局，因为她不懂得什么是真正的爱情。首先她不懂得尊重自己，更不懂得尊重他人；其次她的爱情没有排它性和专一性。爱情，真的不是可以随意增减的魔法游戏。

诚然，我们每个人都渴望有一份天长地久的感情。我们羡慕梁祝生死不离化蝶相随的凄美；我们感叹罗密欧和朱丽叶的抛开世俗，携手共进的坚决。可想想我们自己，在相遇一份真情之后，又做过什么呢？

为一些小事而斤斤计较，为只言片语而相互伤害，甚至会为了所谓的面子、虚荣而轻率地拂袖而去，更有甚者在时光的消磨中去忽视、冷漠，从而造成了一个又一个的遗憾。然后我们总是说，这个世界上没有什么可以天长地久，甚至开始不再相信爱情。亲爱的朋友们，请问我们又对自己的爱情做过什么呢？

爱情，真的不是魔法游戏，不是你想怎么样，它就能怎样！请在相互尊重的前提下多一份包容，多一点理解，多几分坚持，多一些忠贞。我们有理由相信，每个人都有能力塑造自己世界里那永不褪色的传奇！

第四章

你是人间四月天

提到民国才女林徽因的一生,用她自己的诗歌《你是人间四月天》来做评最为贴切。她是四月早天里的云烟,是黄昏吹着风的软,是天真,是庄严。她是多少后人心中的白莲,是一树树的花开,是爱,是希望,是暖。仿佛所有的词汇都用尽,也不能道出这个女子的精髓。

一本王臣的《林徽因传》竟让我莫名地欣喜。喜欢那一眼能看到底的白,透着干净与清澈。心灵的疲惫在触目的瞬间便释然开解。一盏香气袅袅的茶仿佛承载了岁月的韵致,只在自己的世界里起伏飘荡,像极了那个如兰似莲般的女子。蓦然回首,那些时光流逝的光影好像不曾带给她任何的风霜,只在似水的年华里徒添了一份神秘的回味。

看着窗外繁华的四月,扯一缕阳光入怀。让思绪沉寂在一抹寂静的遐想里:是什么成就了她的才情?认真翻阅着手中的书,我在这本自传里找到了我想要的答案。成就她的除了她自己的努力之外,还有五位同样优秀而让人敬佩的男子。正是因为他们的博大、克制、慈爱、尊重与懂得,才成就了她如同鲜花般绚丽而多彩的人生。

首先要提到的便是她的生父林长民。虽然他从小便受封建家庭的熏染，日后又在民国政府为官，但却是一位具有真知灼见、思想开明的父亲。他不仅给她宽松的成长环境，让她像一株阳光里的禾苗一样沐浴着春光尽情地成长，更是给了她人生方向上的指导。半年的欧洲游历生涯，使她在眼界上立于一个更高的起点，有着一种千帆过尽后的开阔。而与那个浪漫诗人徐志摩的邂逅，也是因此而起。

那日，当徐志摩叩开林长民在英国伦敦的临时家门时：年仅十六岁的林徽因像一朵清新的小花，安静地立于父亲的身旁。那一眼便是冽冽日光下恍如隔世的沉寂。于他们而言，那一段相识相知的时光，便是一生最美好的记忆之一。温婉得如同夏夜里的白莲，带着皎洁的炫目。

然而他在她青涩的年华里只能是雨后的彩虹。纵然那些色彩是如此的绚丽迷人，可那样的风景却只能是昙花一现。尽管后来他为了她离了婚，可再见时她的身边已有了梁思成。虽然她也爱徐志摩的才华、浪漫和率真，但她更爱梁思成的宽厚和沉稳。而徐志摩，那个才华横溢却有着倜傥神韵的男子，只能带着朦胧的惆怅立于斜阳之外，无限忧伤地雾里看花……

林徽因与梁思成的初见，并没有电光火花的热烈，但他的宽厚，他的才思，他的沉稳就那样随着岁月，一点点地沁入了她的心田。他爱她虽然深邃，却也宁静温柔。让她在自己舒适的呵护里一点一点地沉湎。而她果真便沉醉于这样的细致和体贴里，用长相厮守来作为最真诚地回应。就连后来，林徽因与她和梁思成共同的好友——金岳霖之间生出了相互爱慕的情愫，都能跟他和盘托出。这于梁思成而言又需要多大的勇气来接受并理解？可梁思成正是用他那宽厚、沉稳且如青松般高尚的品格，去理解林徽因和金岳霖。他爱她亦尊重她，这才致使他们三人之间清清爽爽，从此友谊更加深厚绵长。

而最让人称绝的，便是慧眼识珠的梁启超。如果没有梁启超的"视得"和打磨，就算林徽因是一颗千年的珍珠，在父亲去世家境衰败却又战火纷飞的情景下，一个弱小的女子终究也只有被埋没的份了。梁启超极力促成她与梁思成的婚事，且在她父亲去世尚未与梁思成成婚的情况下一直资助她的学业和母亲。林徽因因此才能顺利地完成学业，为以后的事业发展奠定了良好的基础。

最后要说的便是那个抛弃个人情感，一生追随其左右的金岳霖。他爱她却只表达，不期许，更不可能逾越。当他看到自己最心爱的女子天天在自己的眼皮底下与她的丈夫夫唱妇随的情景时，他可曾有过短暂的失落？而他的确是一个叫人称奇的男子，因为他的爱里面不只是一种很自我的爱，还有更多的敬。敬重他与梁思成的兄弟情谊，也敬重他与林徽因之间的那份默契。所以他一生与他们为伴，却终身不娶。于一个小我而自我的个体面前，这又需要何等博大的胸襟啊！

这是一群怎么样的人啊？林徽因的一生便是在这样一群至情至信人的爱与敬的包裹下，倾其一生而绽放出最美的光华。林徽因的个性是热烈的，她以柔弱的个体积极地吸收着光亮和知识；然而她的一生更是寂静的。在那个风雨飘摇时局动乱的年代，她把自己一颗沉潜的心都交给了学业、事业与研究。她是一朵寂静的白莲，独自嫣然却静美生香。

喜欢你是寂静的！每个生命也正是因为有了这寂静的追求和执着的坚守，才会在若干年，甚至几百上千年之后，还能绽放着独特的华彩和光芒。否则一抔黄土的掩埋下，尸骨无存的灰烬里除了都是花草树木的养料之外，可曾还有什么本质的区别呢？像林徽因这样倾其一生的精力去追求自己的人生理想，这也是很多生命能够流传千古的一个重要原因吧！

收起缥缈的情思，看着远处那些美丽的春花，我禁不住在心底感叹：你是人间四月天，你是爱、是希望、是暖！

第五章

那朵莲花缓缓开

　　莲花出淤泥而不染,濯清涟而不妖,就世人赋予它的意象来说,更是代表了生命的纯净和新生。初次见到《莲花》这本书时,只被封面那几点飘散的花瓣吸引。深深地注视着封面,仿佛一些未知的人和事正坐在时光的两岸,如那些星星点点的白莲,自由自在地在闲散的时光里流淌。心底洋溢着莫名的惊喜,只在不经意的一瞥间才看清楚那是安妮宝贝的作品。

　　这些年来,安妮宝贝的名字虽然早已如雷贯耳,只是她的书我不曾读过。对于她的了解只是来自一些片面的介绍,无外乎是她的作品题材多围绕城市中游离者的边缘生活,探索人的内心及外界的关系。而相对于这样的了解,在没开始阅读之前更打动我的还是这本书的封面。

　　二月,正是乍暖还寒的早春,一场细雨正在窗外悄无声息地进行着。陪伴我的除了林俊杰的《原来》,还有一杯冒着热气的极品白茶。捧了书,把身体埋进宽大柔软的灰蓝色沙发里。视线投掷在那一朵一朵的白莲之间,我不知道在这样一个寂静的午后,是不是会有一些不可预知的缘分慢慢地从时光的流里沁出。

　　让思绪随着作者的文字，一点点的在她所描绘的世界里穿行，心在一寸一寸地沉沦。通篇都是晦暗的色彩，一些纠结而叛逆的心绪压抑得让人无法呼吸。心底涌现的是无比的悲恸，甚至有一种想流泪的感觉。轻轻地放下书，啜一口幽香扑鼻的白茶，心底竟有几分惋惜。或者我与莲花的际遇，也只能用情深缘浅来形容吧！

　　一连几日，窗外的雨竟然淅沥个不停。百无聊赖之际，只得再次捧起了那本《莲花》。是心有不甘，还是读书已成了闲日里打发时间的一种习惯？一些不可厘清的情愫在心底升腾，好在我也没有要理清的打算。而在心底，只是暗暗地做好了流泪的准备。

　　穿过那些岁月葱茏的青春，一张张冷漠而倔强的脸让人心痛。在成长的道路上少了至亲的梳理和引导，只能留下一些深深的伤痕。而那些痕迹，将会伴着他们的一生。就像是村口那些无辜的小树一样，在它们年少幼小的时候，总是会被一些无心的人刻上或者划上一道道痕迹，虽然后来它们长成了参天大树，可那些印迹却依然清晰可见。那是一声声青春成长里痛苦的呐喊，心就这样被他们这一声声地呼喊扯得生痛。

　　起初并不懂得这样有关青春晦涩的成长，能与莲花有什么关系呢？直到陪着故事的主人公一路走去，我才终于明白她确实是当之无愧的莲花，出淤泥而不染。尽管青春的成长里，曾经因为无知而在污浊的淤泥里痛苦地挣扎过，然而她却能勇敢地直视它们的存在，然后再坚强地开出一朵朵冰清玉洁的花来。这些花朵不因别人的贬低而颓废，也不因别人的赞誉而存在。它只开在她的心底，临风而立，静默不语。

一个人能够直视自己曾经的不堪和痛苦，需要多大的勇气？而她黑黑的眼眸里，是清泉般的纯净。那是喜马拉雅山上陈年积雪的光芒吗？我仿佛看见那一双幽深的眼睛里，正散发出微蓝清冷的光芒。像一朵千年的冰山雪莲，遗世独立，晶莹而纯净。然而她走了，她的灵魂在经幡佛号的洗礼下，与那汹涌奔腾的雅鲁藏布江长眠在了一起。我想上帝定是看清了她隐藏于体内隔离于世的热情，所以让她以豪迈的姿态与日月河流一起奔流不息。我想她那永生的灵魂应该是在笑吧？她在长眠的天堂里，是不是也可以听到地上她帮助过的孩子们的笑声？或许她就远远地站在风里，微笑不语地看着孩子们玩耍嬉戏呢！

后来，世人发现了这朵凋零枯萎的莲花。一时间热闹纷呈，众说纷纭。我想这不是她想要的，她所想的只不过是安静地做一个不为世俗所牵绊的"苏内河"就好。而我已不再为她疼痛，我会仰起真诚的笑脸，为她骄傲！只为那个不知是否真有其人叫作"苏内河"的女子。

梦里，我看到雅鲁藏布江畔的白莲明媚耀眼，一颗颗晶莹剔透的露珠，在清香怡人的花瓣上闪着夺目的光彩，而一只美丽的蝴蝶，正穿破轻烟似的晨雾，涉水而来。而我终于知道，只要是蝴蝶就注定能飞过沧海，因为那些破茧而出的疼痛，早就练就了她们坚强的个性。放眼过去，那遗世而立的白莲就那样静静地开在水中央。

合上书，再次注视着封面上的那朵《莲花》，仿佛它正在我眼前缓缓地张开那清新洁净的花瓣，心底刹那间透着清泉般的纯净。那优雅清冽的茶香，还在空气里久久地飘散，而那朵白莲的清香，早已填满了我的心间！

第六章

心有幽兰香袅袅

　　百度词条里对幽兰的解释：一是兰花，二是古琴曲。不管是作为兰花的幽兰，还是作为古琴曲的幽兰，都让人顿生美感而心中有所期许，仿佛有一阵幽幽的暗香自远方缓缓地飘散过来，又好像是那若隐若现的空谷梵音，有着缥缈而轻灵的神韵。

　　幽兰一词作为对美好女子的形容，最早出自于曹植的《洛神赋》。曹植笔下的洛神，集齐了世间所有美好女子的优点，至于兰的素雅清远和绰约风姿当然是点睛之笔。若只是单独一个兰字，美则美矣，却少了很多生动的想象，一旦与幽连接在一起，便无端地叫人生出一股不自觉的怜惜和敬畏。

　　兰自古就是文人雅士自喻的象征，它与梅、竹、菊一起被并称为"国画四君子"，表达了文人清雅淡泊的品质。历代文人墨客之所以对它如此钟爱，不仅是因为它幽芳高洁的情操，还因它安于幽僻的一隅清香幽远而不张扬的个性，恰到好处地秉承了一个谦谦君子应该具有的形象和品质。

　　古时候很多文人在无人欣赏的情况下，常常会以深谷幽兰无人识而自诩。这也是十大古琴曲之一《幽兰曲》的由来。相传春秋战国时期孔子所代表的儒家，在诸侯相互征伐，兵家法家纵横家等受宠时没有大的用武之地，孔子感叹自己才华横溢却始终得不到重用，于颠沛流离之间经过一个山谷，时看见兰花如此美好却被埋没于此，遂触景生情有感而作。从而成就了这流传千古的《幽兰曲》，又名《猗兰操》。

而这些幽兰终是带着一份缥缈而又抽象的意境，是被人为地推到了一个高度。我见过那些空谷旷野里的兰，在一些朴实山民的眼里只不过是山间最普通的一株植物罢了，兰在他们眼里与其他的花草树木没有什么本质的区别。因此在大山深处，叫兰的女子很多，父辈取名时也未必想得那么悠远。他们只觉得这是一个女性化的名字，跟娥霞、之类的能代表是一个女性就行了。所以那些叫兰的女子也未必都有兰的品性，经常会听到人叫某某兰的，叫的人一幅稀松平常的样子，应的人也是一副本该如此的表情。

尽管家里每年在临近春节的时候，会养企剑白墨和蝴蝶兰，那些形态独具特色的花朵美得让人心痛，它们仿佛来自遥远的童话世界。而我喜欢的并不是现在温室里养殖出来的兰花，我喜欢山涧那开得稀稀疏疏而寂静无声的野兰草，只可惜从山涧移植了几回却并未成活。每一种植物都有自己适合的土壤，山涧的兰草或许更喜欢山里的环境，这样想时我便不会觉得遗憾。不可否认，温室培育出来的兰花品种比山里的野兰草更娇艳动人，这些美丽的兰花会让我的房间满室芬芳，可我还是无法从心底喜欢它们。顶多只是带着一种欣赏的眼光，我一向只喜欢开得细碎的小花，有一点寂静而落寞的欢喜。而对于书画里的兰，我喜欢用墨汁画在宣纸上那些姿态俊秀而神韵清瘦的兰,就单调的一袭墨色却更显风姿。她们仿佛弱不禁风的女子,于袅袅的身影里还带着柔弱的泪光⋯⋯

那日快到黄昏时分,外面下起了淅淅沥沥的雨。在这样的暮雨天气,前来品茶的人自然寥寥无几。在百无聊赖之际,一边冲泡着自己喜欢的白茶,一边在电脑上放开了《幽兰》古琴曲。此时的时光,便是属于我一个人的《幽兰》随想。听着音响里缓缓流淌的幽婉旋律,那些与之协奏的空旷金石之音仿佛把我带到了一片幽静的森林,而散发着暗香的兰花正在薄暮的阳光下静静地吐着芬芳。正在我陶醉得忘乎所以的时候,纱帘一挑,进来一高一矮的两位女子。还未等我招呼落座,她们便笑嘻嘻地跟我打起了招呼,有那么片刻的恍惚突然忆及这两位女子均是以前的熟客。

高个子打扮入时的女子变化并不大,只是矮个子的那位女子,与两年前那个水灵娇嫩的她相比确实变化大得有点惊人。我真不敢相信只是两年的时光,她就变得这么苍老。我不动声色地斟了茶给她们,矮个子女子性格还是像以前那样直爽,径直拿了茶杯饮了一口茶不等我开口便自己询问道:"你是不是感觉我的变化有点太大了?"

对于这样个性直爽得几乎透明的女子,我不想世故的去说假话,便微笑着给她续了茶汤,我在等她自己诉说,因为我知道我不问她也会说。

果然她又端起茶杯轻轻地抿了一小口,然后幽幽地说:"你不知道我这两年过的什么日子,我公公得了胃癌,我天天从渭南做好饭菜开车一天三趟给他送到省城。"

从渭南到省城?而且一送就是两年?我有点惊讶地瞪大了眼睛。因为我清楚地知道从渭南到省城有 65 公里的距离，开车在不堵车的情况下需要一个小时。而天天如此几趟的跑，别说是一个媳妇，就是亲生女儿也做不到吧？

瞬间我的心中便对她起了敬意，感情我今天的《幽兰曲》是为她而播放？我强行按捺住心中翻涌的波涛，尽量平静地问她：后来呢？后来情况如何？

她轻快地微笑着："现在好了，各项指标都正常了！这两年我却一下子老了一截。不过我不后悔，如若回到两年前，我还是会如此选择。"

我的心瞬间被电击中了一般，眼睛有一点涩涩的难受，我仿佛闻到了空气里有淡淡的兰香。她起身告辞时我执意没收茶费，并且起身一直把她送到门口。因为这是一个心有幽兰的女子，她值得我敬重。

人生在每做一个选择的时候，我们不是只有一条路可走，我们完全可以自由地选择向左还是向右。她用容颜的衰老和她的幽兰之心来换取了亲人的平安和健康，我想她在做出选择的时候一定是心生悲悯的。在这样的女子身上，有着最动人的光辉，她像一株植物一样活出了一种幽独的气息。诚然走过了尘世的千山万水，却依然能够保持一颗透明而有担当的心。并不是她不懂得人情世故，也并不是她不爱惜自己的容颜。又有哪一个女子不爱惜自己的花容月貌？纵使是颜色少得可怜的女子，都会有顾影自怜的一颗心。傻傻地凝望着她远去的背影，她就是我心中那说不出的幽兰。

心里有一些说不出的如兰般的情愫在缓缓地氤氲。仿佛是那年隆冬，我静坐于红泥小炉前凝望着窗外的风雪，把北风呼啸而过的寒凉想象成三月幽静的千树万树梨花开。又好像是那天我于喧嚣的人流里笑成一朵灿烂的桃花，好像是那晚我在寂静的月夜下独自弹奏《月光下的凤尾竹》时的心生袅袅。那皎洁的月光对上的是一片素净的心，彼时我在用心与月光对话，用心与琴音对话，然后自己与自己对话，再然后很多感悟便在一片竹影里摇曳生香。

看着外面凄迷的雨帘，我突然想到了我们的爱情，我想起了很多年前我对你的幽兰之心。彼时我多么想大声地告诉你，我有多想你。可我怕你只是一块冰冷的石头，用你的冷漠来对抗和嘲笑我的深情。而最终我只能在你的冷漠里把自己也变成一块麻木的石头，身寂寂而心惶惶。尽管你就那样毫无征兆地闯入了我的生命，像深谷里的幽兰一样散发着你独有的芬芳。我曾经以为你只是我的梦幻，可你的确不是我想象的梦，你曾经真实地来过。然而你又走了，梦一样的场景便散了场。你不说爱，只说对我很有感觉，很喜欢我。然后便是我一个人的独舞，我不怪你，也无法恨你。

彼时我像涨满的帆一样，满心欢喜地去迎接春暖花开明月夜时的花好月圆。而你却只是恰巧路过，一些细碎的雨打湿了一地的黄昏。我想用深情缠绕住你，奈何这尘世却终是情深而缘浅，我最终无力靠近你的冰冷。我只能在心底静静地欢喜，我不知道这一串心花何时会凋零，我听到它越开越灿烂，而我只能顺应花开的痕迹让它繁华再盛大。

窗外的雨，一直淅淅沥沥地下着。虽然不是秋天，但三月的雨雾一样的凄迷。你看，远处的垂柳已是一片鹅黄柳绿的柔软。而那些茵茵的芳草，一直延伸到天的尽头。而那时我还在疯狂地思念，我的世界是一片莺飞草长的凌乱。我不知道，你的天空是不是一样的荒芜，可我宁愿你的世界是一季的芳草茵茵，是漫山遍野的桃红柳绿。

纵使我对你有着说不出口的幽兰之心，可我知道有些寂寞终是一个人的留白。很多话真的无须再说给你听。兰生幽谷，芬芳本就无须人问。你若懂我，我亦欢喜；你若不懂，我还是那个向往美好的女子。我想，我会穷极一生的时光，去守护我心中的这片幽兰。

寂寞空庭春欲晚。你来与不来，我都会在满目苍翠的踽踽独行里，寂静地散发着自己那迷人的暗香。你来与不来，我就在这里；你爱与不爱，我还在这里。不说，不问；不喜，不悲；因为我说过："我对你的心，本就是一片无须人问的幽兰。"

第七章

走进故事里的那些倾国倾城

相传汉宫廷乐师李延年之妹,生有一顾倾城再顾倾国之貌。适时被引荐于汉武帝,帝见失色疑为天仙,固颇得帝宠,集万千宠爱于一身。她那一顾倾城再顾倾国的容貌,确实倾倒了汉武帝渴慕美色的心理。不得不承认李夫人是一个善于研习男性心理的女子,她对皇帝那种喜新厌旧和迷恋美色的心理更是了然于胸。遂李夫人在自己行将枯木之时,决绝地不以病容见帝,故使汉武帝眷恋她的容颜而永生怀念,因此也保住了她家人的荣华富贵。

闲来无事之际品读汉朝野史,在揣摩人物心理的同时不免为她悲凉。那时的女子,遵从无才便是德的古训,而唯独容貌成为她们荣耀一生、光耀门楣的法码。然李夫人虽然懂得以色侍君、色衰而爱弛的道理,但在那样的社会大背景下,她最终也无法走出流俗,只能用自己的色相来留住帝王的眷恋,保住其身故之后家族的地位。今日细想那梨花带雨的娇容,既是李夫人之幸,也是她的悲哀。幸而有颜色可侍君,悲其色衰而拒见,因为她不能拿自己家族的富贵来与一个帝王的情爱作赌。自古帝王本就薄情寡恩,后宫三千佳丽可供他们自由挑选，如若没有让其难忘的才情或者容颜，恐怕他一生也不会想起有这样一个女子。试问连貌如李夫人者都没有那份自信，她们之间的真情何在？真爱又何在？

再读张爱玲的《倾城之恋》，本是一场你情我愿、你牵我挂的因缘际会，却因成长的环境和现实的经历，而展开了一场揣摩对方心理的拉锯战。

先有白流苏精打细算的冷静比对，再有范柳原那纨绔子弟的精密设计。明明是郎情妾意的惬意之旅，却在名份这一纸空文面前相互拆招。僵持到后来，看似流苏的那一招以退为进占了上风，实则不然。二返香港柳原妥协的结果，只是给了流苏一座可暂时安身立命的房子，至于围城里的共暖只是遥遥无期的期许。滑稽的是一场纷飞的战争，最终改变了这个局面，两个身无所系之人，在风雨飘摇的乱世深刻地感受到生命的脆弱，从而仓促地走进了婚姻的围城。

尽管他们婚姻的围城筑成了，可香港的城池却陷落了。但我相信白流苏和范柳原各自心头的那堵墙，虽然在香港沦陷的时候，在战火纷飞生命朝不保夕的场景下，也曾经轰然倒塌过。但当他们走进婚姻的围城时，便会随着激情地消磨时光的流逝而慢慢地再垒砌起来。他们表面上的圆满，只不过是人性无法抵抗，不可控因素而心生惶恐的一种表现，那么究竟是谁成就了谁呢？

时光的背后，只留下张爱玲充满深意的调侃："倾国倾城的人，大抵如此。"看世间繁华落尽，行至水穷处，只余坐看云起时的悠远……

再看历史上那些为了掠夺佳人美色而发动战争的统治者，他们的情爱往往只是为了满足一己私欲的占有,又哪来的真情可言?可生灵涂炭血流成河的后果,更多的却由那些美貌的女子来承担。我相信如果给她们选择的权力,她们宁可嫁于一个平凡而心存善念的普通人,也绝对不会为了自身的荣华富贵而舍去众生的性命。都说女人的心太小了,小到只能容得下一个人,太多的附加条件只能是爱情的负累。她们要的只是一世一心人的平淡相守,这也莫不是天下女子的心愿。又有几人愿意一边享受着奢侈豪华的生活,而一边却要忍受着独守空房,千人一夫的孤寂?

纵观古今,我们都是红尘烟火里的凡夫俗子,既无李夫人的美貌和对男性心理那种清醒的认识;也没有白流苏在大家族的倾轧里历练出来的人情世故和欲擒故纵的手腕;更无城池沦陷这样的社会大背景来为我所用,所以我们的爱情无须倾城。

或许生命只有在苦难或者置身险境时,才能呈现出最本原的质朴,更能显示人性的高度。但倾国倾城的爱情,大多只是传说或是故事里渲染的。我们只是红尘里的普通男女,自然没有城池可为我们沦陷。但我们可以"攻陷"对方的一颗真心,用自己的真心来换取对方的真心。所以只要相爱了,就要学会去珍惜,学会甘于平淡和普通。

真爱,真的无须城倾。执子之手,与子偕老;愿得一心人,白首不相离。今生,余愿足矣!

第八章

美酒淘尽英雄泪

闲来无事翻开一卷古诗词赏析,发现一个很有趣的现象,历史上那些颇具才名的文人,无不与酒结下了不解之缘。而武侠剧里的英雄豪杰,也离不开酒的衬托。仿佛只有酒的存在,才能塑造出一个英雄的豪气,或者还原一个栩栩如生的诗人形象。

看金庸在《笑傲江湖》里由祖千秋之口,将酒与酒具的搭配娓娓道来,让人如沐春风。仔细品味他的见解,也确实如此!不得不赞叹金庸确实是一个懂酒的人,只一个懂字,便更见这种英雄惜英雄的珍贵了。这使我不由得想到2003年,金庸以80岁高龄登上华山北峰,以实现他笔下的第四次华山论剑,然而却是他生平第一次登上华山。当他以耄耋之年,去面对这巍峨险峻的华山时,又是一种何等的风骨和豪迈?

而最让我印象深刻的当数《三国演义》里曹操与刘备的青梅煮酒论英雄了。背景是狂风乍起乌云密布雷电交加,本就为故事增添了一种山雨欲来风满楼的气势。一方面是曹操的大权在握,气定神闲品酒助兴的胸有成竹;而另一方面却是刘备势单力薄，生死难料的如坐针毡而胆战心惊的惶恐。曹操喝进去的是愉人性情的酒，更是一份踌躇满志他人不足为虑的自信；而刘备饮的却是苦涩与忧愁，是一种如履薄冰的谨小慎微和忐忑不安。可见同样是酒，兴者为乐；而愁者只能更忧。人与人的交往和交锋向来讲究旗鼓相当，曹操在一场酒事里自信地看到刘备的怯弱，所以刘备才能逃过一劫。而胸有丘壑的刘备才是伪装的高手，在那样虎口求生的险境里，终于巧妙地借一场酒事而消除了政敌的疑虑，是为大智慧也。

浪漫主义诗人李白，在他流传下来的1500多首诗里，写酒的诗句竟然占了170余首，是他整个文学作品的十分之一还多。美酒入口便能化作瑰丽的诗行，后人无一不为酒神对李白灵感的催化而称奇。诗圣杜甫在《饮中八仙歌》中就曾这样写道："李白斗酒诗百篇，长安市上酒家眠，天子呼来不上船，自称臣是酒中仙。"这便是李白每每豪饮之后，诗性大发而佳句频出的真实写照了。

他的旷世名作《将进酒》更是以一种奔放的姿态，让内心的愤懑之情一泻千里，从而使他那孤高自清，桀骜不驯而又自信满满的个性如一展冲天的巨鹰，在人们的内心留下了难以磨灭的印象。酒于李白是一种精神上的点化宽慰，是他脱掉精神礼教束缚的利器，也是他平衡内心矛盾与浪漫游侠理想之间差距的法宝。可不管酒作为哪一种功用在李白的人生里存在，它与李白的人格早已融为了一体，成为李白人格魅力不可分割的部分。如果把李白放到现代，酒便是宣传李白的一个亮点，如果再有媒体的炒作和频繁的曝光，不知又是怎样一番沸腾而喧哗的舆论？

在这里不得不提的便是边塞诗人王翰,它的"葡萄美酒夜光杯,欲饮琵琶马上催。醉卧沙场君莫笑,古来征战几人回。"不仅让我们认识到了酒与酒具的匹配关系,更是把宴饮的片刻欢娱和沙场征战的生死瞬间提到同一个高度。于旷达中透着豪迈,而于豪迈里却又是无比的凄凉。那是一种舍生取义的大无畏精神,更是一群保家卫国将士的英勇斗志。每每读及此处,总能让人体会到一座激荡悲壮的情怀,却又深深痛恨战争的残酷和无情。

而命运颇为坎坷,政治屡屡失意而性情豪迈不减的东坡,一生也是爱酒如命。酒于他既是对频繁流放哀而不伤的一种寄托,也是他流放生活亲近邻里的一种桥梁。一阕《水调歌头》在把酒问青天的豪迈里,又有多少难以圆满的无奈和忧伤?世事无常,生命无常,而故作豪迈之语实则在内心深处却是无泪的悲咽,这样的痛苦其实更为悲切和深刻。

轻轻地合上书卷,思绪还在那些酒情酒事酒诗里打转。不管是"酒入愁肠,化作相思泪"的忧思,还是"身后名轻,但觉一杯之重"的旷达,酒只是食品经过发酵之后分离出来的一种液体,怎么就有如此大的魔力呢?我想除了酒精带给人们的兴奋和疯狂之外,更重要的是它符合人们那种放逐自我,追求解脱的心理。

酒是英雄胆,酒是诗人魂。此时透过文字,我看到那些人杰喝下去的不仅仅是酒,更是无人能懂的寂寞和愁绪。而那些酒后写出来的诗情,更是酒后吐真言,句句都是辛酸泪的真实写照。

第九章

一个人，一座城，一生相随

虽然已是四月天气，北方的气温还是乍暖还寒地反复，像极了人类无常的情绪。

看着"一个人，一座城"这个标题的时候，我不由得想起了钱钟书的《围城》。作者以诙谐幽默的笔触，在一部小说里委婉地道尽了婚姻这座围城里城内城外两种不同处境的人截然不同的心态。城里的人想出来，城外的人想进去。世人的生活，围绕的不外乎就是如此两种主题。是什么样的驱使，就有了进城的冲动？而又是怎样的使然，又有了出城的想法？

也许有人进城是因为情爱，而更多的婚姻围城的铸成，却与情爱无关。尽管社会发展到今天，男女平等的口号也喊了数百年了，但是很多人在选择婚姻时，往往却是基于更多表面的利益和价值。一纸婚书，一座仅仅用貌似般配铸就的婚姻围城，如果少了情爱为依托，还能围起一世的共暖吗？如若果真如此，世间又怎会有那么多破碎的婚姻？又哪来那么多"进城"之后，又决然"出城"的人呢？

婚姻是个谨慎的话题，而要得到围城里的幸福更需要莫大的智慧，人说爱情是盲目的，然而婚姻却是具体而琐碎的，幸福的婚姻需要彼此用心经营。抛开婚姻的这座围城不说，在我看来，其实每个人的内心世界，便是一座容纳万象的城池。

初入尘世的我们，只是一个纯真而空白的孩童。随着年龄的增长，岁月的积累，我们在知识、见闻、理解的充实下慢慢地完善丰富起来了，这才有了今天与众不同的自我。而另外一个个体能够接近和靠拢，必然是建立在共同的认知和感知上，这样我们才会小心地放下心灵的防护来接纳对方的融入。在初始爱情的火花里一切都蕴含着梦幻的诗意，然后是雾里看花的陶醉，再然后很多人便带着朦胧的憧憬，在一片花红柳绿的春光里"进城"了。

可走着走着，随着时光的流逝，一旦双方在生活的长河里暴露出自身的缺点而不符合对方的审美，真实的生活里便多了擦枪走火的情景。而这种火气会随着时间的积累而增长，如果长时间得不到调和，便有关起城门而自闭的想法，心灵的城门一旦关上，要想再次开启便多了锈迹斑斑的沧桑。因为总有一些曾经的经历，会影响了我们最本原的质朴。更甚者便会窥视城外风光的莺语娇啼，一旦心神出窍那就只能是城毁出逃的分崩离析了。

其实静下心来仔细想想：开启心灵城门的钥匙就在我们自己手上。很多时候我们总是在渴求别人的理解，可在这个世界上最了解自己的人永远是你自己。痛了、累了、冷了、热了，永远都只有自己第一时间能够感受到。与其说在抱怨里冷漠，不如敞开自己的心扉，以积极的心态去捧接生命里每一缕阳光的照射。只有首先学会让自己做一个心灵强大的人，用自己的包容和感恩去善待自己的另一半，这样我们的婚姻生活才会更美好。

婚姻的围城里不比爱情来得诗意，往往多了柴米油盐的碰撞。偶尔锅碗瓢盆的叮当声只是生活的交响曲，毕竟人生不可能总是春暖花开。所以一些负面的情绪，我们必须学会消化，不能由着情绪去支配我们的生活，忍让和克制不只是一种美德，更是开启幸福之门的钥匙。每个人的初遇都是美好的，一些心潮澎湃的激情，也会在相濡以沫的平淡里化作红尘烟火里那一抹温暖的回味。这才是最真实的生活。

看着窗外的泡桐树花又繁华成一片苍凉的白，内心便莫名荒芜得厉害。这使我想起了那些刚刚开败的樱花，只需短短的几日便能从如云的胜景里，决绝地颓败成满地的落英。让人还未从美好的憧憬里回过神来，便迅速地坠入一种无望的境地。因此我惧怕一切太过繁华而热烈的事物：比如说春天里那些灿烂的花云，在夜空里瞬间燃尽一生芳华的烟火。我总觉得繁华过后，必定是一片悲凉的凄怆。

收回眺望的目光，把你我的点滴从那些流逝的日子里打捞，原来有一种情感早已在润物细无声的春雨里锥心入骨。情不知所起，一往而深是流年里最好的写照。一个人的天涯不再是孤单的称谓，有你的地方便是共暖的围城。用目光的追随圈定那些相随的点滴，把一份真诚的相遇谱写成一生的坚守，用生命的高度在不老的传奇里丈量。生，亦可以死；死，亦是一种相濡以沫的同生。

一个人，一座城，一生相随！

第十章

醉问夕阳话黄昏

"夕阳无限好,只是近黄昏"是诗人笔下珍惜生命和时光的一种感伤。在我的印象当中黄昏是一片洒满金色的光环,它象征着光明的离别,也意味着黑暗的开始,总能让人在一片迷茫的眩晕里沉醉。当太阳逐渐收起耀眼的光芒,羞涩地躲进大山怀抱的时候,黄昏披了一层金色的纱衣,迈着优雅而又庄重的步伐款款地朝我们走来了。

一缕炊烟醒了,无数的鸟阵在追逐的嬉戏里辨别着家的方向。薄暮的晚风总是不由自主地追着晚霞姑娘的脚步,情愫初开的晚霞便慌乱地扭过头去,一张脸瞬间涨得通红。天空中升腾的炊烟慢慢地多了起来,饭菜的幽香在缥缈的炊烟里无声地扩散,母亲在风里柔柔地呼唤着自家子女的乳名。一些散落在田野里的孩子迅速地探出一张张灿烂微笑的脸庞,就像是绿色原野上捧出的一朵朵花儿。这样的场景是我极为熟悉的家乡黄昏,还有许多诸如如类的黄昏场景,你都可以尽情地想象。

很多黄昏的景致都可以在一场想象里变得生动而丰腴,因为每天我们都在经历着不同的黄昏。比如说此时，你就可以把自己想象成那个远离家乡的游子。在萧瑟的深秋黄晕里，面对西下的夕阳和昏鸦的哀鸣，对家乡的思念就像一河缓缓远去的流水。那些温馨的小桥人家仿佛还弥漫着家乡的影子，太阳一点一点地沉下去了，心也跟着无边地沉了下去。只是眼前相似的景象还把想念家乡的心弦反复地拨动着，那匹孱弱的老马又怎能驮得动那些日月积累的乡愁呢？泪水瞬间模糊了双眼，游子醉了！醉在自己伤感的思乡梦里。而此时的黄昏好像也醉了，醉在小河那潺潺的水声里。只有那孤单的身影，还在夕阳下踽踽独行……

你也可以把自己想象成那个结着丁香般幽怨的姑娘，在蒙蒙的细雨中撑一把油纸伞下，踏着满地的落花独自徘徊在一条幽静的青石小巷里，只为了等待那个能伴你双飞的男子。那样的黄昏是一份满怀欢喜的等待，却又是一份微微惆怅的翘首。你听，那哒哒的踱步声一次一次敲打着谁的心坎，却又一次次醉了谁的心神？谁没有年轻过，谁又没有几个青涩而又纠结的青春故事呢？站在那样的黄昏里，心底是半明半暗的忐忑和欢喜，像极了一道铺入水中的残阳。

月影残菊落的黄昏景象，是一份可遇而不可求的雅致。那样的景致像极了一幅意蕴悠远的山水画，在一片宁静素雅的萧瑟里无声地勾出了季节的暗伤。菊黄水碧，月影悠悠。坐在这样的黄昏下，酌一壶佳酿吟诗作对，或沏一杯香茗谈古论今，莫不是古时文人墨客在这疏影月色里最为适宜的情趣。学会享受这样的黄昏，不只需要静谧的环境，还需要有一颗恬淡的心。时值今日，面对纷扰的红尘俗世，又有多少人能够抛弃尘世的纷扰，静坐在这样一抹月色里去聆听来自自然和心灵的私语呢？

　　最萧瑟而凄楚的黄昏，莫过于李清照的梧桐更兼细雨了。那些在心灵深处无声滴落的泪雨，早把一场深秋的暮雨淋得凄凄惨惨戚戚。那淅淅沥沥的点点滴滴，却又让一颗千疮百孔的心没了一丝挣扎的力量，只任这无声的哀愁滴成了失去莲子的莲蓬。这是怎样萧瑟而又清冷的一个黄昏啊？孤单，冷寂，于无边笼罩的萧瑟里透着无限的哀婉和苍凉。这样的黄昏比"月影黄昏子规啼，晚春残花自飘零"更让人伤感。试问人生多少恨？国仇，家恨，声声空阶滴到明。

　　最有意境的黄昏，要数林逋笔下月夜下浮动着暗香的黄昏了。沉醉在那样清浅的黄昏里，暗香盈盈的不只是疏影绰绰的梅花，好像整个世界都静止了一般，只有无边的曼妙被月色和梅香晕染上一层素淡的温煦而让人陶醉。最淡泊的黄昏便是驿外断桥边，寂寞开无主的那一树树梅花了，那是诗人渴望被人理解的吟唱。本就黄昏独自愁，更著风和雨又平添了一段怎样的萧瑟和惆怅？那是一份宁静的孤芳自赏，更是一份自信而又执着的笃定。因为人生总会有很多的未知和迷茫，在苦难面前我们只有自身具备这份孤芳自赏的勇气和毅力，才能够走得更远。

　　抬头触及远处的山峦，夕阳一点一点地沉下去了，山体便在夕阳的光芒里呈现出半明半暗的两个世界。暮色追着月亮的脚步一点一点地浮了上来，转眼黄昏便失去了踪影，只留下无边的黑夜来主宰着诺大的时空。其实生命的每一刻都是一道绝美的风景，不管是哪一种场景下的黄昏，都有它独特的美和魅力。学会接受自然恩赐于我们的每一种感触，我们的人生才能变得充实而丰满。面对残酷而现实的生活，感伤也只是一时的情绪。毕竟生活还得继续，像花儿一样鲜活的生命，还在各自的世界里精彩纷呈，时间默默地在无声里轮回，爱还在空气中燃烧……

第四卷

青春无痕,成长有声

第一章

岁月迟暮，落落清欢

　　电影里感叹迟暮，必然是美人亦或是英雄，所谓英雄易老，美人迟暮。不必说伊人昔日容颜如何，也不必数英雄以往是如何的英武壮烈，单只是陈旧而空旷的宫殿里那些泛着灰冷气息的陈设，瞬间便已让人无力。仿佛这些迟暮的主人公也是旧时光里那些长了绿斑的青铜器，泛着冷冽而苍凉的气息。看暮色向晚，顾影自怜时也只剩下"鬓影落青铜"的清冷。可见迟暮是一个让人无限伤感的词汇，仿佛只是一夜的晚来风急，便会随着雨打风吹去。

　　我曾见证母亲的迟暮，身体臃肿得像被时光和雨水浸泡过的老树桩，说话的气息如同被风刮坏的窗纸，仿佛只是一夜之间家乡的芦苇便开在了母亲的头上。尽管母亲的身上爬满了岁月的褶皱，可是面对偶尔回家的我们，母亲的眼里却跳动着热烈的火花。只有在那一刻，我才能忆及五十年前，母亲曾经也是一个周身滋润的水乡女子。

　　我亦见过被时光蒸发了水分的朱漆大门。曾经那些鲜艳得像血一样的红，如今就像失去了水分的花朵，只能在时光的凋零里暗沉下去。还有那只被磨得油亮的橙黄色门环和着黛绿色霉斑的门环扣，仿佛都在无声地诉说着时光的迟暮。

那日偶尔看到一个视频，在泪流满面的愧疚里，忽而对迟暮一词有了更深的领悟。

一个八十岁高龄的老太太，岁月的风霜早就刮白了她的头发，说她迟暮是一点也不为过。然而她却穿着性感的拉丁舞服在一个综艺节目中表演花样双人拉丁舞，在表演还未开始的时候主持人问她对自己有没有信心，她自信满满地说我想我不会让你们失望的。评委们都带着狐疑的表情看着她那如同老树皮般爬满皱纹的脸。说实在的，一个八十岁的老太太脸上爬满了皱纹然而她却涂着厚厚的粉，再配上血红的嘴唇实在是显得有些突兀。岂止是不美？更准确地说应该是看得人汗毛倒竖，她却不紧不慢地迈着小碎步晃悠到了舞台中央，评委们的耐心眼看就被她耗光了，有一个评委直接按了淘汰键。

老太太微笑地看了那个评委一眼，然后场面发生了戏剧性的变化。她不再是刚才老态龙钟的神情，她的舞步突然变得热烈而奔放起来。只见她在舞伴的配合下大胆地完成了托举、换位、转圈、旋转等一系列高难度动作。她在奔放的音乐里越舞越洒脱，仿佛就是一只旋转的陀螺，显然刚才上台时的慢动作只是她为了形成对比的精心设计。

评委一个个把眼睛瞪得像铜铃一样，就连刚才那个按淘汰键的评委都激动得站起来带头鼓掌。仿佛此刻站在他们面前的不是刚才那个让人觉得不伦不类行动迟缓的老太太，此刻他们眼里的她，就是一朵热烈绽放的牡丹。

她在舞台上突然展现出来的那种爆发力，连十八岁的姑娘都自愧不如。不只是评委沸腾了，观众沸腾了，就连看着视频的我也沸腾了。此时此刻，还有谁会说她已迟暮？一个女子呈现在世人眼里的，不只有颜色。

遥望着远处的山岚，此时山顶的最后一缕金黄终于退回了天边，白天的喧闹悄无声息地垂下了帘幕，四合的暮色无声地宣告着这一天又结束了。一天的时光已迟暮，我忽而就想到了我也会老，迟早有一天我也会迟暮。可是这又有什么关系呢？这世间谁能例外？就连古代被予以真龙护身号称万万岁的帝王也无法幸免，哪一个人又能够逃脱得了岁月的腐蚀？

不记得在哪里看到这样一段话："每个女子都是一朵花，落落清欢，心香似莲。"我们何不趁着岁月的恩赐，在自己的心中围起一片荷塘？待到他年迟暮时，心有莲香，又何曾惧怕岁月的衰老和风霜？

"遥想迟暮年，岁月嗟蹉跎"。原来岁月从来不曾迟暮，只是我们在时光的打磨下逐渐失去了往日的光彩和风韵，我们便刻薄地埋怨了时光。我们惶恐无端地浪费了太多的光阴，而不能给后世留下有价值的怀念，因此我们总叹岁月迟暮。这世间还有好多的东西远比颜色更为重要，比如，气质、性情，再比如说智慧、心胸等，有太多的美丽字眼需要我们用一生一世的时光来修炼。

在深刻的岁月面前，只要自己愿意，其实每个女子都可以活成自己想象的样子。我们不必埋怨时光的刻薄，更不必惧怕年华的衰老，只有心中有丘壑的女子，才会永久地散发着属于自己的芬芳。任它雨打风吹去，那样的清香却是我们独一无二的标签,任时光怎么苍老也不可能迟暮。

  此时再看迟暮,心中洋溢着被时光打磨过的温润。我们都可以把自己活成宋瓷般的女子,在时光的历久弥新里更添神韵和光彩。

第二章

六月芳华，倾荷绝恋

一绿裙长发女子手撑一把碧绿的荷叶遮阳伞，款款地行走在酷热的盛夏里。翠绿的裙裾随着女子细碎的脚步，在微风中轻柔地摇曳着，瞬间便撒下满地的清凉。霎时间，我的眼前便闪现出了一片片田田的荷塘来。

对荷的认识应该从小学说起，记得还是上小学二年级的时候，学校为庆祝"六一"儿童节而编排了一系列的文艺节目，我在其中的一个节目里扮演了一位老师，给学生所讲的课目便是荷花。事隔多年，当年的细节已不能一一记起，但荷花却在我心里蓬勃地生长起来。永远都记得课文的最后一句："好像我也变成一朵白荷，在微风中翩然起舞。"从那时起，我的心中便有了一片荷塘，仿佛自己就是那翩然起舞的白荷。

真正与荷亲密接触是在我上初一的时候。那时候学校教室的窗外，便是一片碧绿的荷塘。只因近水楼台，让我有幸目睹了荷花在不同季节的风采。

晚春时节，当大地万物早已万紫千红的盛装打扮完毕的时候，尖尖的小荷才羞涩地露出半个脑袋，它们这才清雅疏淡地打扮起来，然后不急不躁地出场了。那一片片嫩绿的荷叶纤细地卷在一起，就像是一支支精巧碧翠的玉簪倒插在水面。偶尔有几只蜻蜓扑闪着透明的翅膀，飞落在小荷尖上，但它们并不久留，不一会儿便飞走了。更有顽皮的会突地一下掠过水面，水平如镜的水塘里便会荡起一层层的涟漪，它们只是在自己的世界里寻找着自己的乐趣，此情此景让我不由得想起了杨万里的"小荷才露尖尖角，早有蜻蜓立上头"。

渐渐地到了夏天，荷叶便铺天盖地地长满了整个水面。那尖尖的玉簪早已变成了一把把碧翠的伞，为池塘里的水撑起一片阴凉的天空。一阵微风袭来，荷叶此起彼伏，荷塘便翻起了一阵阵绿浪，远远望去更像天边堆卷起的千叠翠云蜂拥而来。轻轻地吸一口空气，夏的燥热已不见了踪迹，扑面而来的是满鼻的清凉。

每到月华初上的时候，便邀上三两个关系甚好的同伴，一起感受夜幕月色下的荷塘。夜晚的荷塘是另一种静谧的美。淡淡的月光如水般泻在荷叶上，这时候的荷叶看上去更像是一匹匹柔美的绿色绸缎。脱了鞋坐在田埂上，把脚伸进荷塘里，一股清幽的凉意顿时爬满心间。偶尔会有几条小鱼在我们的脚边蹿来跳去的，感觉却是另一种惬意。就这样静静地坐着，青蛙和蟋蟀正交替地演奏着他们的音乐，我们的赏荷又多了一重背景。这时的荷塘更像是一片宁静的海水，轻轻的我们醉在了荷的世界里，坐得久了困了直起身沿着荷塘轻悠地行走。光着脚丫踩在草地上好像是行走在铺着羊毛的地毯上，闻着清幽的荷香轻轻地闭上眼睛：穿着白裙的我突然觉得自己就是那荷池中的一株白荷。我就这样静静地立在荷池边一动不动，用我的整个心灵去跟白荷对话。问她为何能这般清新脱俗,问她为何能如此亭亭玉立,问她为什么明明出于淤泥当中而能一尘不染……太晚了我们回去吧!每次都是同伴把我拉回了现实,于是我不得不恋恋不舍地离开荷塘。夜里枕着荷香入梦,在梦中我与白荷翩然共舞。

常常喜欢在蒙蒙细雨中看荷。每当天空中飘着细雨,只要一有闲暇时间,我便只身跑到荷塘边。也不打伞,就这样贪婪地欣赏着雨中荷花的优美身姿。看荷叶上积攒的雨珠来回滚动,听雨丝洒在荷叶上发出沙沙的声响,看已经盛开的白荷仙子在雨中清雅绝尘的容颜……痴痴地望着,内心涌起无限的柔情,都说我是一个外热内冷的女子。我常常在想:千前之前我是不是也是一株白荷?如果这个世界真有轮回,那么千年之后我仍要做那傲然而立、临风而举、亭亭清绝的白荷。可惜由于学业的原因,这样与荷独处的美好时光并不常有。

慢慢地离家远了,由于在北方工作,大片的荷塘并不多见,也不好找,看荷的时间便更少了,可对荷的思念却日趋见长。无奈之下,对荷的相思就演变成了画板中的一次次涂鸦,有晚春时节的尖尖小荷,有盛夏亭亭临风而举的盛荷,有夜幕下的静荷,更有雨中清绝的冷荷。粉的像纱、白的似云;红的惊艳、黄的清丽……那些荷花就这样一朵朵地盛开在我的世界里。每当心浮气躁时,只需拿出来静静地看上几分钟,内心便慢慢地不再荒芜了。

最疯狂的一次看荷,是当我那晚无意中听到电视里的《采莲曲》,并看了采莲的画面之后,第二天便决定直飞湖北。到达洪湖市之后到处闪现的都是荷的倩影,看着那一片片随风摇摆的碧绿的荷叶,我早已泪流满面。这才是我念念不忘的荷啊，那一刻的我就像是一个饥饿已久的孩子，突然看到一大堆美食。

荡一叶小船穿行在碧波藕香之中，听着远处空灵的《采莲曲》，仿佛在梦中。要不是偶尔有游人的欢笑声飘扬过来，我还真以为是入了仙境。荡舟到了藕花深处，不再去划桨，让小船随着轻柔的水波一漾一漾的，我的心也随着绿波花香荡漾开来。

支肘侧卧在舟中，抬头望向天空，净蓝的天空中飘浮的朵朵白云，与湖中朵朵灿烂的白荷遥相呼应。低头看向水里，莲的倒影和天空的白云便融合到一起。阳光穿过荷叶的缝隙，一些斑驳的光微弱地映在水里，还有几缕柔和地洒在我身上，我的绿裙便又多了一道色彩。伸手拉过小船两侧的巨大荷叶，让它们绞在一起，我的头顶便多了一顶绿色的帐篷。一阵香风袭来，珍珠般晶莹的荷露洒了我一身。也不去用手拍打，只任那晶莹的清凉晕染我的衣衫，沁入我那早已干涸的心田。就这样静静地躺在藕花深处，不再去想任何事情，渐渐地睡意袭来，自己仿佛就是那千年的睡莲。

就这样不知道在小船里睡了多久，被一拨嘻嘻哈哈的游客吵醒了！抬头看向远方，已是落日黄昏，只得划船归去。归程里香风阵阵，荷雨点点，苍翠满目。伴着我的，是一颗充盈的心。

俗话说，落叶知秋。荷花也不例外，终于还是躲不过萧瑟秋风的摧残。我经常在日记里写到："最爱残荷听雨时"，只是我却从未去看过。只能在心中任无数的想象缠绵牵绕，因为不敢也不忍，终究痛了的是自己的心。只是一遍遍任幻想的雨滴，滴打在那早已枯萎凋零的荷梗上，莲蓬上，任它们在秋风中瑟瑟发抖，我却无能为力。那淅淅沥沥的秋雨，其实早就滴在了我的心上，早已打得我的心千疮百孔，发不出一丝细微的呻吟。

每次看完荷花之后，我的内心便多了一份从容和淡定。我不知道今生今世，我是否做得了那如荷的女子，但在这污浊的社会洪流里，我努力地把自己塑造成荷的样子。只因千百年前，我是一株纤弱的白荷；而千百年后，我只能追逐着我前世的身影，在每一个孱弱的梦里或沉或浮。

花王有女曰芙蓉，风姿三季各不同。零落淤泥犹清绝，谁人相怜在梦中？

第三章

似水流年

摘几瓣岁月的馨香，拥一季寒风的脚步，在这萧瑟的冬日里随着翩翩落叶摇落一季的往事。此时尘埃早已落定，从指缝里溜走的是那些曾经温馨或薄凉的，如流水般温婉或葱茏的往事和酸苦的记忆。

随手翻开一些泛黄的照片，目光定格在那已渐渐模糊的脸上。穿过飘扬的目光，身后是一片斑驳的记忆。有的浅笑嫣然，有的或许早已横眉冷对。耳畔仿佛还有他们或深或浅、或喜或悲的几声回响。收回凝望的目光，苍海已变桑田。如今的他们，早已如断了线的风筝，被生活的狂风席卷着去了远方。如今再回首，却只能任记忆的余温轻舔着那些时光的碎片，于岁月的深处留下一段静谧的回想。

如果生命是一趟列车，而生活赋予我们的只有一张单程的车票，由生命的起点开始到生命的终点失效。从我们来到这个世界，就在不自由主地随着这趟列车的轨迹去旅行。如果说这趟列车是我们无可否决的宿命，那我们又如何去抉择，怎样去看待人生的这趟行程呢？

有的人只是盯着行程的终点看，一上车便昏昏然。他们会在心里，一分一秒地细细数着，看什么时候可以到达终点。这样的旅行于他们而言，就是一份艰难的苦役。甚至有些悲观的人会觉得：生命本身就是一串又一串冗长而沉重的苦难。生活于他们，哪里还有乐趣和价值可言？而有些人却恰恰相反，自从踏上这趟列车开始，他们便牢牢地把守住窗的位置，绝不错过生命里的每一道风景。正因为有了如此众多美景的映衬，一路的旅行便变得生机盎然而妙趣横生了。放飞美好的憧憬，披一窗湿润的风景，让生活中点滴的美好来温暖我们的生命。在同样的行程当中，我们的生活因为有了美景的点缀而更加绚丽多彩。

　　在这个季节的深处，于生命的流痕里会自然地浮现出一些人或事。不管是那些为了理想努力拼搏的人，还是那些为了生存而挣扎苦役的人，他们都是我们人生旅程里的一道风景。可能有些人事在当时的确是真的给我们带来了困扰，可能那时我们会烦躁、悲观、顾影自怜，甚至去咒骂、咆哮、绝望。可经过一段时光的磨砺之后，当我们站在时光的河床中游或下游的时候，再去回望岁月曾留下的印迹和片断时，时光留给我们的还有什么呢？是伤心还是绝望？是悔恨还是一份时光变迁后的茫然？亦或是什么都不是？缓缓地轻渡到人生列车的窗口，你会发现不管你记得与否、愿意与否，每一段人生就像这每一个车窗一样，它都不会因我们的意志而转移，就那么客观的存在着。那么我们何不推开心灵之窗，给自己的生命也涂上一片阳光的色彩呢？

　　如果说生命是一条奔流不息的河流，而我们每个人就好比是河流当中的一块石头。在上游的时候，我们可能会因为棱角分明被河水或其他的石头冲击而碰撞得遍体鳞伤，可到了中游或下游的时候我们便是一颗圆润的鹅卵石，遇到碰撞我们自会巧妙而圆滑地躲闪。只有这样的石头才会绽放出属于自己独有的那份温润的光芒。而在人生的旅途当中，我们的生活也正是因为有了像河水和石头这些苦难的磨砺，才会有了今天的润泽。亲爱的朋友，当你成为闪亮而圆润的鹅卵石的时候，你还会为曾经的疼痛而去悲苦吗？那个时候你是不是也带着一脸的骄傲，去悠然地细细品味着生命里过往的点滴呢？

再次翻开那些照片，细数着生命里曾经的过往，这个时候一切的喜怒哀乐，悲欢离合于我们已经不再是生命的主题。因为我们早在人生每一站的窗口，认真地欣赏了每一季的风景，人生于我们只是一些绚烂的经历。痛苦也好，悲伤也罢，在我们人生的长河里都只是微不足道的沧海一粟。我们应该感恩生命里曾经的每一份际遇：因为有了他们，我们的生命才会变得如此丰富，生活也因为有了如此众多的感受而日益丰满起来。

于是在这个严寒的早冬午后，我静坐在生命的堤岸微微地张开五指，任生命里那无数细碎的过往和曾经，一点一点的在岁月的微醺里流淌。在这寒冬的流年里，心中洋溢的是春天般的温暖。因为我知道冬天固然严寒，但它也是生命里必不可少的组成部分。

任无数细碎的悲欢离合、爱恨情仇，一点一点地填满了我生命的曾经。或者这个时候，真的可以像范仲淹那样："不以物喜，不以己悲。"于是就这样拥了季节的流云，坐在岁月的流里扬起微微的笑脸，细数着我那早已逝去的似水流年。

第四章

锦年，素时

看微雨红尘，心湖的寒冰早于季的辗转里轻溶。微蹙的眉弯纵然挂满了岁的严寒，却在遥望的春光里盛开了繁花点点。

锦年：灼烈

青春的枝头，总会葱郁地开满季节的花事。十六岁的年华，在人生的光阴里，该是怎样的透着能掐出水的水嫩？

记忆的暗流一次次涌起的是我十六岁的那些夏天的傍晚。我在温柔的的山风里，把灿烂的微笑开满青涩的脸颊。每每偷偷地藏身于一棵百年的老柳树身后，只为静静地聆听你那悠扬的笛声。

心潮随着你吹出的音符在空旷的山谷里回荡，生命的乐章也一如潺潺的泉水。每当你的笛声响起，我便领了欢愉的召唤，去赶赴青春里一次美丽的盛会。始终以为我青涩的心事，只是一枚尚未成熟的青梅，只在自己的喜怒哀乐里散发着醉人的清香。

又是一个迷人的傍晚，天边的缕缕红霞，旖旎了山乡的美景。我一如既往地沉醉在你的笛声里,思绪早随着悠远的曲调飞上了九天。一曲完了我抬起脸时,你却那样笑意盎然地站在我的面前。在你凝望的目光中我的脸颊飞起了朵朵红云,你轻轻地拉起我的手,我和你并排坐在了小河边。青春的心事和着天边的红霞一起,在年轻的心底一如春天里满山盛开的红杜鹃。

锦年:微凉

多想把这份青春里的灿烂变成一世的久远。可天有不测风云,父亲在一次事故中卧床不起,生活的沉重使我只能选择背起简单的行囊,把那些春光里的良辰美景折叠在简单的行李中。

起程的前一个傍晚,在你颤抖的笛声中我再次来到了小河边。你没说话却先递过来两幅水墨画。一张上面画着一树寒梅在寒风里怒放,旁边题着:梅花香自苦寒来。还有一张是一幅水墨竹,看着那苍翠的竹叶片片向上,在晨风里展露着生命的欢颜。你说,不管以后如何,你当如这梅竹。

此时无声已胜千言万语,我的眼里是满溢着泪水,像珍珠一般噗噗地滚落下来。你轻轻地拥我入怀,用你湿润的唇吸干了我满脸的泪。轻声地说:"别哭,别怕!记得有我在,你一定要坚强,我等你!"我哽咽着点点头,把你的画紧紧地贴在胸前。只为了不让你看到我再次流泪,我微微地仰起头,缓慢而蹒跚地踏上了来时的路。

两地遥望的日子,我们就靠一封封书信诉说着对彼此的思念。眨眼已是一年后的夏天,和你名牌大学录取通知书复印件一起寄来的还有一幅你的简笔画。在弯弯小河的柔柳底下,男孩正专注地吹着笛子,女孩则一脸幸福的依偎在男孩身边。每次看着这幅画,幸福的声音便会随着回忆一起在你的笛音里蔓延。

我为你骄傲,更为命运对自己的不公而忧伤。生性倔强的我也偷偷地报起了自考。我想等到你大学毕业时,我也能本科毕业,再给你一个意外的惊喜。可随着我毕业的日子越来越近,你的书信却越来越少,我一次次伤心绝望地翻看着你的书画。痛苦的泪水一次次晕开了你的笔迹,那幅梅花更是在我的泪水中斑驳成零落的残红……

理智终于战胜了忧伤,当我拿到毕业证书去找你的时候,你的身边已多了一个小鸟依人的她。你意外地看着我那红彤彤的毕业证书,和你的女朋友生涩地介绍到:"嗯,晓晓,这是我的老乡,一个很了不起很坚强的女子……"我不得不吞下无言的苦涩,僵硬地跟你的女朋友握了握手,强作欢颜的跟你们告别。

锦年:苍茫

这样的结局是我始料不及的苦涩,我无法忘怀你曾给过的一切温暖的记忆。

午夜十二点,我总是喜欢坐在靠窗的茶座上,一杯杯喝着不加糖的苦咖啡,因为那清冷的苦涩一如我苦涩的心情。想着自己一步步走来的辛酸,我竟然有些恨你。恨你如此薄情和懦弱,竟守不住一个天长地久的誓言;更恨你怎么如此轻易地放弃,不给我们的青春留下一个花开的机会。

很长一段时间,我一直在这种悔恨中沉迷。于是拼命地去学好多的东西:比如说煮咖啡,茶艺;再比如说煮菜,做西餐。我在一次次的幻想,如果有一天我们再相见,我一定要高高地抬起头,让你因我的美好而悔恨;日复一日我只沉浸在这种恨中，却不曾细想我的生活却一天天的活色生香起来。我也由那个不谙世事的丫头，逐渐变得清丽雅致。

锦年：微凉

每个人在分离以后，以何种方式见面，想必上天早就做好了安排吧！

再次见面却是十年后你母亲的葬礼上，时过十年我已是一个公司的部门经理。早已没有了当初恨你的那份心境，更多的却是感激。感谢有那样的一个人，才让我如此奋进；更感谢前面有那么一个美好的榜样，我才能望着你的背影前行。只是怀着默哀的心情，想在你母亲的灵前深深地鞠个躬。

一件白色的衬衣，外搭一身黑色的西服套装更显出我的高雅庄重。深深地鞠完躬以后轻轻地走到你的身边，看着你满脸的沧桑和深陷下去的眼眶，心里却泛起微微的痛。我轻轻地握住你的手对你说完请节哀之后，却转过身去，给你身边身材早已臃肿的晓晓一个深深的拥抱。放开晓晓，我已泪流满面……

转身走进夏天的晚风里，让泪水和长发一起在风中肆意地飞扬，恍惚中我又回到了十年前的那个夏天……感谢生命里曾经的美好，我露出了灿烂的笑脸，曾经痛苦的经历早成为我生命里一笔不可多得的财富。

第五章

忧伤的孤独

人说孤独是一种病,是一种明明立足于繁华,却总是感觉到离群索居的孤单。其实在这个世界上,哪一个个体不是以孤独的形态存活于世呢?因为在这世间根本就找不到两片完全相同的树叶,更不要说完全相同的两个人了,所以孤独并没有什么不好。

一花一世界,一鸟一天堂,每个人都是一个独立存在的个体。我们可以选择做小桥边的一朵无名小花,孤独而寂静地开着;也可以选择成为水晶花瓶里那枝热烈奔放的天堂鸟,发出璀璨夺目的光彩。

三月桃李四月樱花,五月的栀子六月的荷,每一种生命都在属于自己的舞台上绽放着自己的光彩,无人能够代替它们的路径。就像这世间的芸芸众生一样,你无法代替我而存在,我也无法代替你而生存。正因为这样,每一个生命都是独一无二的,生命真正的意义也在于与众不同的一个独字。而独不仅代表独一无二,它还表示独自行走。能够于繁华喧闹的尘世里寂静地坚守自己心中的理想,不为红尘万象所迷惑,这本身也是一种对生命的敬意。

很多甘于孤独的人，往往出大成绩，因为他们一生都坚定不移地行走在自己的世界里。

记得刚来城里那会总是拼命地想家，想那个充满鸟语花香的陕南小镇。自幼听惯了山风鸟鸣，看惯了青山绿水，而当我每日只能匆忙地面对喧嚣的城市时，内心的惶恐就像车水马龙的人流和夜幕下闪烁的霓虹，杂乱繁多而又炫目。十六年里那些美好的记忆正在一瓣瓣地撕裂，疼痛在无边的夜色下蔓延。在这无边的疼痛里，我只能选择孤独地逃离，逃进那个承载了我十六年记忆的水光山色里。

曾经以为和着晚风坐在葡萄架下，聆听牛郎织女的悄悄话，或者是躺在夜露底下一边听着青蛙呱呱的叫声，一边嗅着空气里的稻花香，再一颗一颗数着天上的星星，便是我今生最惬意的生活。

可在生存风力的作用下，我是离开故乡的蒲公英。行走在这湍急的城市人流里，很多时候不得不学会遗忘，慢慢地把自己装进由自己精心塑造的"静心""宠辱不惊""淡然随性"的硬壳里。似乎每一天，就是为了努力把自己变成大家为之期待的样子：父母眼里的好女儿，孩子眼中的好妈妈，公婆眼里的好儿媳……或许生活在这个世界上，每个人都需要一副面具。责任、道德、亲人，很多时候就是我们生活的意义所在。人生在世，谁也无法完全以一个很自我的感觉生存，我们常常只能活在自己的壳里。只是这样日复一日，年复一年之后，我们由最初的水灵雅致一天天变得深沉凝重起来，生活总是无声地就改变了我们。

每当夜深人静时，靠着冰冷的水泥墙坐下，内心便没来由的惶恐。我还能回到十六岁之前的那些快乐时光吗？那些回不去的旧时光，多像是一场经典的老电影，总能纤巧地勾起我们脆弱的神经。

　　时光似乎过去了很久，随着时间的推移，心中那些被故乡分离出来的疼痛也开始变得模糊。我也早已学会了每日带着淡雅的微笑，辗转在我的多重身份之间。我想我是真的适应了城里的生活，只是每一个午夜梦回的瞬间，那个曾经生我养我、承载了我十六年记忆的小山村，仍在心头无声地攀爬。离开了故乡，无论在城市定居多少年，你都是远离故乡的游子。很多时候在生活面前，我们就像那星星点点漂泊的浮萍，永远漂浮在洒满乡愁的路上。也许是一句相同的乡音，也许只是熟悉的家乡美食，总能不动声色地牵动着你的思绪，因为那才是你的根啊！

　　闲暇时回到家乡，目睹着家乡的一山一水，一草一木，已是分外亲切。但这种亲切于我，更多承载的只是童年的回忆。不可否认我从内心深处深深地眷恋这里，这里曾是我生命的源泉。但离家十载，每年回家也只是春节里的那几天，如果现在再让我在这里待上十天半个月的，我想我会不习惯的。现在于我最惬意的生活便是，轻音乐里的茶韵茶香。我并不是一个忘本的人，这样的感觉让我不由地感到悲哀，为人性而悲哀。人究竟是怎样的一种动物？为什么每一次匆忙地转身，我们都不再是原来的样子？我想这样的问题，自己终究是给不出答案的。

　　左手是回不去的故乡，而右手又是融不进灵魂深处的城市，我心灵的归宿究竟在哪里呢？在每个黎明的曙光里，或是每个落日的黄昏里，我只能孤独地逃离,逃进那些由我自己创建的"沉静""淡然随性""宠辱不惊"、早已与我血肉相连的壳里。或许这才是属于我们生活的一种真实状态,终究我们还是只能孤独地活在自己的壳里。

第六章

梦的精灵

我踟蹰地穿行在苍茫的原林当中,瞪着一双黝黑的大眼睛,耳畔一遍遍在萦绕着顾城那缥缈的心灵呐喊:"黑暗给了我黑色的眼睛,我却用它寻找光明!"

我左顾右盼,眼前是茫茫的浓雾。于是我也对着苍莽的原野呐喊:"我也有着一双黑色的眼睛,为什么却找不到我的光明?"

一缕轻寒的风轻轻地从面颊剪过,我看见我那黑色的发在空中飞舞。这时一个蓝色的梦的精灵带着一丝俏皮的讥笑跳跃到我面前,它仿佛在说:"哈哈,那是因为你没有一颗善感的心,所以注定无法找到自己的光明。"

是吗?是这样的吗?真的是这样的吗?我对着雾霭中的黑暗喃喃地自问。可问风风无言,问雾雾亦无言,夜色更是一个幽深的黑洞。只听到空旷的原野里,凉风习习,松涛阵阵。我就这样迈着蹒跚的步履,踉跄地行走在这无边的黑暗里。坎坷的征途里,脚上早已磨起了一个个血泡,手心也渗出了细细的汗珠,额前的刘海早已被那苍老的枝杈挂得乱七八糟。这恼人的夜色啊,哪里才是我的方向?哪里又有我要的光明呢?

一个魅惑的声音在说:"放弃吧,放弃吧!别再做无谓的抗争。"另外一个激励的声音也同时响起:"千万别放弃,黑夜只是暂时的,你要勇敢地去寻找你要的光明。"

对,黑夜只是暂时的!只要太阳出来了,天就一定会亮起来的。我要勇敢地用我黑色的眼睛去寻找心中的光明,我轻轻地笑了,于是我鼓起勇气继续前进。

穿过荆棘的丛林,手臂上早已挂满了一道道的血痕;淌过冰冷的河水,血液仿佛也快凝结成冰了;现在每走一步,脚底都会传来钻心的疼痛。在这黑暗的夜色里,我只能咬紧牙关!因为坚持就是胜利,或许不远的前方,就有我要的柳暗花明,我这样一遍一遍地安慰着自己。

突然一块巨大的石头挡住了我前进的步伐,心里那唯一的一丝光亮也随之暗淡。我彻底绝望了,无力地跌坐在石头旁。我只是一个追求光明的孩子,为什么要给我如此多的磨难?

放弃吧,哈哈哈!我在空寂的丛林里大笑,如豆的泪珠顺着脸颊一颗一颗地落下来,砸得地上的落叶啪啪作响。是的,我累了!黑夜就黑夜吧,不是有很多人一辈子也待在自己的阴影里吗?既然为了光明要付出如此的痛苦,我还要光明做什么?

这时一个蓝色的小精灵在眼前晃过,耳边传来她讽刺的揶揄:"呵呵,你还真以为你自己能行啊?你就是一个懦夫,放弃吧!放弃自己,你就永远活在黑色的阴影里!放弃了就会舒服,而且坐下一点也不累,你走不出去了，你永远也走不出去了！"

我的头在隐隐作痛，恐怖霎时布满心田。我真的就要这样一辈子跌坐在无边的黑暗里吗？我痛苦地用手撕扯着自己的头发，任细细的发丝再在滴血的伤口勒出一道道新的伤痕。或许麻木了，就不会再痛吧？放弃吧，我真的累了！

"哈哈哈！你走不出去了，永远也走不出去了，你和众多人一样，就待在自己阴暗的黑处吧。"耳畔再次响起了精灵那充满愉悦的狂笑。"别再挣扎了！你真的走不出去了，哈哈哈，哈哈哈！"

"不！你住口，你休想打败我。我不会让你得逞的！"

听着精灵那刺耳的笑声，我彻底地被激怒了！心底顿时充满十二分的勇气，我握紧拳头对自己说，我一定要战胜你们，战胜自己。于是我匍匐在黑暗的原野里摸索，终于找到一根树枝。借了树枝支撑的力量，我慢慢地挪动自己的身体，缓缓地站了起来。脚下的血水一点一点地渗了出来，可我早已不知道疼痛，对着夜色猛烈地喊道："来吧，让苦难来得更深重些吧！来吧，你们都痛快地来吧！看看你们还有什么招数？我不怕你们，我就是要去寻找我自己的光明。"

那些调皮的精灵被我的喊声震得四处逃窜，空气里飘来他们痛苦地呻吟："你去吧，你胜利了！我们给你让路。"

迷雾一点一点地散开，眼前的巨石也瞬间消失不见了！我的面前是一条充满花香的小径，天空的那一轮红日正在冉冉地从东方升起。这时耳边再次传来精灵那充满魅惑的声音："呵呵，去吧！困难能挡住的都是懦弱的人们。

记住：只有勇敢，才能找到自己想要的光明。呵呵，去吧！"

　　迎着阳光，我轻轻地笑了：黑暗永远挡不住光明，既然我有一双明亮的眼睛，我就要用它来迎接黑暗过后的每一个黎明！

第七章

一个人，一盏茶

很长时间没有眺望过窗外的风景，我总以为关上窗就是对自己最好的保护。自我保护是出于一个人的本能，每个人都有趋利避害的本性，就连动物和一些花草也不会例外，但自此我的生活便显得沉闷而灰暗。直到一只轻灵的燕子扑棱棱的飞上窗台的时候，我才知道春天来了。

轻轻地推了轩窗，拂面的柳风早就润泽了季节的荒芜，窗外竟然是一片新生的欢嫩。刹那间眼里有了晶莹的感动，被尘垢蒙蔽了太久的心灵，是否也能在幡然醒悟时长出一片润目的新绿来？

慢慢收起眺望的目光，学着往常的样子静心煮水，置盏温杯。在青花瓷的盖碗里投入适量的清香型铁观音茶，迅速地拉高水柱，看圆润饱满的铁观音如同绿色的翡翠，在水中快速地翻腾舒展开来，心底的情愫也随着这碧翠的叶片铺展。仿佛此刻的自己，就是那盖碗里缓缓舒展的叶片，在这样的宁静里只想把自己融合于这一片清幽安宁之中。

素手起落，轻盈地揭开青花盖碗，观音茶的清香扑面而来。在神醉的冥想里，让茶的香韵惬意地在心田萦绕。这时候的自己，柔软得像天边飘浮的白云。恍惚间一些人和事，总在茶香的氤氲里，沉沉浮浮，缥缥缈缈。

有些人，近了，再远了；来了，又走了。就像空气里偶然相遇的尘埃一样，在风中相伴一程，再在落地时平静安息。红尘世事，缘聚缘散，自有天定。花开花谢，年年复年年；缘聚缘散，朝朝又朝朝。红尘中太多的情事，大都抵不过一句"情深缘浅"。彼时当我们在流年里洞若观火，一切不过是昨日繁花，早已随着流逝的时光尘埃落定。然而生命里有太多过往的尘音，总是带着雾里看花、水中望月的缺憾。

有些梦，醉了，又醒了；而有些梦，醒了，却宁愿还梦着。或许这就是人生，总是一个矛盾的综合体。很多时候，我们迷茫、孤单，却又执着于孤独而拒绝寂寞。如果说孤独是唇边微微浮起的一抹忧伤，我们不需要任何人走近，却能独自芬芳精彩；而寂寞，就是在人海里拼命地需要拥抱而找人取暖，一旦归于寂静，内心却还是一片海水般的冰冷和荒凉。

轻轻地啜一口铁观音茶，嘴里竟有了丝丝的苦涩，看来很多用灿烂微笑去掩饰的心情竟然逃不出一杯茶心。仔细梳理那些令我怀念的日子，很多回忆其实就像这杯中已经冷却的茶，尽管唇齿还留有余香，终归却少了那缕韵味。

或许这就是人生，总是来来去去、分分合合、走走停停。静观眼前不断变化的风景，渺小的自己在这悠悠的时光长河里，只是微不足道的沧海一粟。欢乐也罢，痛苦也好，百年之后，能留之于世的也不过是一抔黄土而已，我们最终又能留住谁？这世间的天长地久，都是每个人对自我的一份较量和坚持罢了！

于是慢慢地打开心灵的轩窗，理理飘散的长发，窗外已是一片润泽的苍翠，心底自是一片水色的空濛。在春意渐浓的慵懒里，把一瓣瓣心香恣意在明媚的春光里舒展。梳理心的缝隙，拔除荒芜的杂草，一首清幽的《明镜菩提》在安静的心绪里缥缈地流转。而杯中的茶，终于也能喝出几许香甜来了。

人说最小的是人心，小到一生一世只可以容纳得下一个人；最大的也是人心，大到"宰相肚里能撑船"。可见人心是最容易滋生杂草的地方，一不留神便会遮蔽视线，我们不止要学会明辨是非，更要学会及时清理自己内心的杂质，让自己的心灵时刻保持清明。

窗外，几米阳光温暖在春日的午后，一朵朵桃花在远处的枝头尽情地绽放着迷人的笑脸，叽叽喳喳的小鸟尽情地在枝头跳跃着，一切都是那样的鲜活而美好。春天真的来了，我露出了久违的笑容，这个春天不只盛开在花红柳绿的原野里，也一样盛开在我的心底。起身打开窗户，浮尘里那些过往的点滴于我早已云淡风轻。

这样的午后，一个人，一盏茶，便是岁月里最好的相许。就这样静默于一盏曼妙的茶香之中，让自己升腾的情愫，慢慢地在茶香中温婉沉寂……

第八章

飘落在风中的花

关于青春，那些一度被强行埋葬的记忆都与你有关。当很多故事只能是故事时，便会被人为地强行分离，尽管青春已逝，可是我们还得活着。我们常常在人前冷静得如一团沉寂的死水，却躲在万籁俱静的夜晚伤心落泪。那些琥珀色的液体只流给自己看，天亮了再擦干眼泪拼命地对着人群微笑，这便是所谓的成长和成熟，在生活面前我们必须成长，别无选择。

那枚梅花骨瓷戒指还在首饰盒里泛着晶莹的光泽，遗憾的是终归少了一瓣。青春就是那些耀眼而娇艳的花，在经历过一季璀璨盛大的绽放之后，便会自行地枯萎凋零，这就是万物的宿命。尽管从不迷信，很多年过去了，当我看着这枚残缺的戒指时，还是会由衷地感慨很多事情冥冥中上天自有安排。

那年当我们爬完长城之后，看看天色还早便去了秀水街闲逛，无意中于一家小店里发现了这枚戒指，刹那间我的眼里便有了灼热的光芒。那是一枚骨瓷戒指，黛绿色的手工编织指环，一朵晶莹剔透的梅花栩栩如生地盛开在指绳上,且瓣瓣细腻润泽,店主介绍说这枚戒指叫指上梅花情。白梅配着青绿色的编织绳,嫣然就是一朵盛开在春光里的花。这样的戒指即使不是春色却远胜于春色,只那一眼便无声地沉醉,指上梅花情,多美的戒指啊!

我偷偷地抬头看你,你只静静地不说话,我拿起来在手指上比画了一番,最终还是沉默地放下继续游览。有些事物喜欢却不一定非要拥有,尽管我是一个喜爱饰品的女子,尽管各色琳琅满目的饰品把我的首饰盒塞得满满的,但却唯独没有戒指。戒指代表的是爱情,需要相爱的男子买来,否则就失去了原本的意义。而那时我的世界早已是一片花团锦簇的春天,满心欢喜地等着心爱的男子买来戒指套在我的手上,你却在冬的沉默里无语。

后来我们在毕业后各奔东西,当两年后你终于带着这枚戒指出现在我面前时,我们已隔了一段时光的距离。遥想着那些独自吞咽的思念,我把那枚戒指紧紧地握在手中,摊开手掌时那朵梅花掉了一瓣,当时我就有一种不好的预感。

我们开始像所有相爱的情侣一样约会,我们去看武汉大学的樱花,而那时的我们年轻得跟花一样,在那些青葱的岁月里,我们都是一朵怎么开怎么好看的花。而武大的樱花树下也留下了我们无数甜蜜而美好的记忆,那些随风飞舞的片片樱花,就像那时我们欢快飞舞的心情一样。只是后来的后来,我们都是倔强的孩子,谁也不肯放下自己喜欢的事情去对方的城市,而我们的故事也在聚少离多里凋零,一如这残缺的梅花戒指。

很多年以后我才明白,这尘世的每一份相遇都值得我们珍惜。有些花,一旦开过了花期便会凋零,比如说爱情。这世间没有永恒的爱情,爱情走到后来就是一种亲情、生命和责任的延续。那时的我们，相爱在春天，却没能走过夏天，更不可能牵手秋天。我曾倔强地以为，你只是我青春里经过的一个故事，转身之后便会谁也不记得谁。

我不知道面对这样的结局，你的心中是否也藏有遗憾？尽管时光过去了很久，还是会常常想起那年的我们在漫天飞舞的落花里相互依偎的样子。谁是谁的少年郎？谁又是谁的瓦上霜？这些年我一直在行走，孤独而失落地游走在自己的世界里，一直清冷地在找一个跟你相似的人。可是当有些感觉带着相似的温度时，我以为我在靠近幸福，但那幸福里却有莫名的疼，因为有些悲伤无论怎么填补都会留下痛的痕迹。原来我一直以为青春那么长，长到我们可以把所有的故事都遗忘，然后再开始一段新的旅程。可是直到今天我才明白，我们的青春那么短，短到只是一季花开的错过，便误了这一生。

窗外的樱花转眼又灿烂成一片缤纷的烂漫，只是这如云盛景只需要几日便会坠落到荼蘼的落寞，像极了那年我们的爱情。而如今当我安静地写下这段往事的时候，很多落寞的过往都被我静静地收起，人生里我们总会珍藏一些不为人知的秘密。生活中没有遗憾，便没有懂得和珍惜，生命也因为懂得和珍惜才更见美好。

我知道那些充满回忆的日子，最终都会像那些无声飘落的花一样随风而逝，而那段岁月最后也会被风干成时光坐标上的一点。如若在下一个春天里我们还能相遇，不管你是否还能记得，那时我会远远地站在满地的落花里，大声地叫着你的名字，并微笑着跟你道一声：嗨，原来你也在这里！

第九章

做一个有古意的妖娆女子

一个女子的身上一旦有了古意,好像时光就慢了下来。就连那张并不十分生动的脸,在沉静如水的光影里瞬间便有了动人的霞光。这样的古意并不是暮气或者苍老,而是一份笃定而自信的慢时光。如同一位成竹在胸的画者,不急不慌地铺开宣纸,然后悠然自得地画出那幅早就烂熟于胸的竹。古意是深山幽谷里潺潺流动的溪水,在无所求里便把生命带到了一个自然的高度;又或是秋天里铺了一地的金黄色的银杏叶,于无声的静默里显现出一种悠远的静美。

一个有了古意的女子,必然是一个阅历丰富的女子,她会在经历了张扬、奢华之后而趋于朴素。尽管走过尘世的千山万水,却能在历尽尘世的种种心酸后,还能保持一份千帆过尽后的纯真本性,那才是真的有了古意。她们的身上会不自觉地散发出一种宽广深邃的气息,莫名地让人安静。很多她们了然于胸的事情,就算你不小心说了谎,你也不必担心她们会立即拆穿而让你下不了台,顶多她们只是笑笑而不接你的话题。

一个有了古意的女子遇事和处理事情的方式绝对是冷静和理智的。她们在不遗余力地努力做过一件事情后，不管这件事情最终的结果如何，都会及时给自己一个交代而不让自己彷徨迷茫。给自己一个交代，那是一件多么深刻而美好的事情啊！因为那个时候，是你自己对自己的以后作了决定，而不是万分煎熬地去等待别人来宣判你的命运。世界上最漫长的时光是遥遥无期地等待，因为有时等着等着你突然就老了。老了的不只是你的容颜，更是一份心态。有多少事情等着等着你就会失去耐心，你是否还记得有多少事情是因为等待而突然改变主意？有的人总喜欢说等到明天怎么怎么样，或者等过了这段时间再如何，可为什么不是今天，不是当下呢？就像你每天回家路过的墙体上悬着一块摇摇欲坠的瓷砖，你永远不知道它哪一天会掉下来，然后每次经过都会极其惶恐地期待这个问题能够得到解决。那时你肯定会在第一时间去想办法来解决这个问题，而不是无休止地去等待。只有瓷砖掉下来了或者粘牢了，这一件事情才会从此画上句号，从此彻底放下。然后你会很快地忘了这件事情，带着新的期许和目标上路。你告诉自己美好的一天又开始了，你努力地活出自己的精彩，并超越自我。

　　有了古意的女子，必然是深刻而美好的，然而这种古意和妖娆却并不矛盾。如果说古意是一个女子身上的气场，是灵魂，那么妖娆便是一个女子的形体，是枝干。只有两者的完美结合，这个女子才能有了风骨。有了古意的女子，她们时而妖娆得像一幅画，时而又生动得像一首诗。她们是爱，是美，是精灵。她们把自己打扮得如同仙子，却又因为那份幽幽的古意，拿捏得恰到好处而让人心悦诚服。如若喜欢的男子对她们说，你打扮得这么漂亮干吗？我喜欢自然美。她们会优雅而温和地笑笑，然后并不拿他的话当真。因为她们深知爱美是人的天性，很多男子矫情地说喜欢朴素的女子，可是走到大街上看到那些打扮得美丽妖娆的女子，他们肯定会两眼放光地怦然心动。而很多男子在事业有成之后，总觉得身边的那个她人老珠黄，不会打扮而充满遗憾。而有了古意的女子，就会深刻地洞悉这一切却并不戳穿他们，依然会把自己打扮得像一朵出尘的莲。因此这样的女子更能留住幸福和美好，因为她们本身就是美好的化身。

有了古意的女子懂得生活不易，她们从来不会与其他人攀比。因为她们知道生活最终只是自己的，而与其他人无关，自己人生舞台上的主角和配角永远都只是自己，如此过好自己的日子就好。她们会很努力，因为努力是一种品质，她们也会懂得适时的放弃，因为放弃之后便可以重新开始。

P就是这样一个有着古意而妖娆美丽的女子。那年与P一同自考经济学，也许是P真的不善于学习，屡考屡败到最后只剩下两门的时候，P毅然放弃了考试。大家都为P感到可惜，劝她再坚持一下，只有P果断地摇摇头笑笑。几天之后P去报了英语，而在后来的时光里印证了P当初的选择是对的。P不仅学好了英语，而且这些年在那个行业里还有所建树。

后来我有一段时间曾陷入一团迷雾里不能自拔，闲暇时便会跟P聊天。一次闲聊时我无意中问P，当年就剩下两门就毕业了，你怎么舍得放弃？

P说："那是因为我突然意识到那不是我所喜欢的，所以我不想浪费自己的时间了。与其花大把的时间做自己不喜欢的事情，不如去选择一件自己感兴趣的事情。"是啊，一个多么简单的道理。我突然想到了让我万分纠结而难过的事情,明知道一切都没有结果,还苦苦地纠缠其中做什么?放弃也是一种选择。几年后再想起这件事时,已是往事落落。彼时那些令我万分痛苦的纠结都已消散。人这一生不可能只拥有,总要学会放弃。努力过了,得之坦然,失之泰然。很多当时以为过不去的千山万水,暮然回首不过是人生旅途中的一座小山坡,一条小溪而已……

人这一生,总要越活越老。与其在时光的蹉跎里浑浑噩噩地老去,不如让我们学着做一个有古意的妖娆女子。当有一天人情俱老的时候,我们坐在时光里回忆往事。那个时候秋风落落,往事落落,情爱落落。这尘世的桃红李白姹紫嫣红,那只是别人的风景,我自有着自己的山高水长,别人的精彩与我又有何干?我自有我的古意和妖娆。

第五卷

红尘阡陌，写意山水

第一章

烟雨中的秦淮河

秦淮河在我心中,一直是一个充满梦幻的地方。历代吟唱秦淮风韵的诗词佳句都不必去细数,单只是一代帝王兼南唐著名诗人的李煜,在这一方柔媚婉约的风水宝地上,又留下了多少动人的传说?如果说秦淮八艳的故事让秦淮河有了撩人的妩媚,那么俞平伯《桨声灯影里的秦淮河》更让秦淮河多了一份人文的婉约。

走进江南,就接近了我的梦。心情随着车轮滚动,金陵离我愈发得近了!曾经无数次地遐想过,那些泛着青光的青石小巷里,款款地行走着颇具风韵的精致女子。一把伞下又该藏了怎么样的曼妙和风情?

提起金黄色的裙袂,微笑在我轻盈的身姿里铺展。喜欢黄色,仿佛它还带着童年的欢快。记忆中那满山遍野的连翘,曾和我的笑容一起灿烂而肆意地开满整个山坡。这让我想到那些活泼可爱的孩子们,一张天真烂漫的笑脸下总会扑闪着一双好奇的大眼睛,这是什么,那是什么?那些像花一样摇曳的年华啊!只能在季节的转角处越走越远,我却永远也找不到回去的路。人生有很多未知被季节轮番的转换？我只是希望她们的烂漫的笑永远不分季节。

走出南京站，天空正淅淅沥沥地下着小雨，这已是我第三次融入于江南的怀抱，步履里自然少了一些陌生的凌乱。融入匆忙的人流当中，看着街心被人工修剪得婀娜精致的盆景，仿佛自己的体态也跟着轻盈起来了！

走进梦寐已久的秦淮河，那些停泊在岸边的画舫，在烟雨的洗礼下竟越发的醒目耀眼了。一排排古朴典雅的徽式建筑夹杂着苍翠的树木，倒映在清澈的河水里，朦胧得就像一个久远的梦。是的，我在梦中来过。你看那凌空翘起的檐角，那白墙黛瓦的精致楼阁，那临水的镂空雕窗，哪一个都让我觉得分外亲切！它们就是水乡的女子：温润而又不失典雅庄重，恬静而又俏皮灵动，让人在不知不觉里沉醉。

一拨旅客的到来，把我的思绪拉回了现实。在这样绵密的雨里，我终是无法去体会俞平伯《桨声灯影里的秦淮河》的那一抹韵味了。站在天下文枢的牌坊下，看着这烟雾朦胧的秦淮河，我在雨中静静地伫立。有一些感伤的思绪在天马行空的世界里游走，仿佛整个时光都被凝固了一般。望着那无数的雨滴，一点一点地在水面荡起一圈又一圈的涟漪，之后再慢慢地扩散无迹，这多像秦淮河里那些沉潜的往事啊！我想，它们也会随着时光的流逝而消散如烟吧？

踏着湿漉漉的青石地砖，跟随着广场上行人的脚步，一些细微的水花便在脚底溅起，心绪里却多了一份从容的笃定。

怀揣着往返的车票，却不愿意一场盛大的相逢就这么匆匆忙忙地转身。舍不得的太多，这里有我梦怀深处无声的眷恋。在我静默的驻足时，仿佛贡院里还能听到朗朗的读书声。在这样的阴雨天气，看着身边掠过众多的陌生身影，他们都是为了一个共同的梦吗？有一种感动在无声地蔓延……置身于这样的烟雨红尘里，秦淮河在我的心中，而我却在游客的眼睛里，这便是秦淮河的魅力所在吧！有一种懂得无须刻意点破，看着那些和我一样湿漉漉的裤管，心底更是多了一份无由的敬畏。

文德桥，古秦淮，那些众多伞下搜寻的目光，构成了一个怎样恍如隔世的梦啊！就连旅游商店门口那些吴侬软语的叫卖声，都是这梦境的重要组成部分。此时看秦淮河的天空，乌云都不那么沉重了。冰凉的石桥栏杆，就连每一把伞下支撑的脸颊都是温暖的。对着这片土地绽放着最真的笑颜，由远及近的景观被目光一一撷取，张开的怀抱真的可以揽尽无限的风光。

倚栏远眺，彩舟画舫随薄雾一起流动，我听到了雨水的滴答落在行驶的船上。一步天涯，这样的盛景应该是一份心仪的共享。而一些梦里的向往，就让它随着那逐渐飘散的雾霭一起飘散吧！我知道秦淮河畔的一把伞下，终有我跨越天堑后的阳光灿烂。

那是你吗？我梦中的秦淮河！当幻想被实景替代，庙前的檀香散发着祈愿里的袅袅心意。当指尖在记忆的心门上轻轻地敲击，那些回忆的声响里仿佛多了一份走近的自豪。键盘还在滴滴答答，我用文字把这一段情怀做永久的封存。

沉浸在这一片雨雾凄迷的古老城市里，那些追寻的脚步终于不再是一个久远的梦，烟雨楼台中每一滴雨都是数落的幸福。等到夕阳西下时，这些经历都是可以温暖苍茫岁月的人间烟火。生命的承重被手中的碗碟捧接，无论时光过去多久，十里秦淮那不息的流淌，永远都有岁月中最美的回忆。

第二章

秋访西湖意悠悠

泛舟西湖时季节已接近早秋,好在湖边的荷还不曾完全凋谢。远处一些粉红或梨白的花朵,像是穿着绿蓬裙的清丽仙女,让西湖又多了几分空灵的神韵。而在临近湖岸的一边,一些荷叶和早熟的莲蓬经过行人的攀折之后,枝干虽然还倔强地挺立着,但折断的荷叶早已干枯发黄,孤零零地漂浮在水面上,呈现出另外一种凄清的景象。看着眼前的一切,使我不由得想起了《古诗十九首·涉江采芙蓉》。

江南秀水,万物泽生,而荷更是以蓬勃的姿态成为江南最秀丽的一道风景。荷和江南的水一样,有着婉约而清丽的美。试想几千年前那个面若芙蓉的女子,白衣胜雪,神情哀婉,用一曲灵动的思念唱出了自己婉转的心声:"涉江采芙蓉,兰泽多芳草。采之欲遗谁?所思在远道。还顾望旧乡,长路漫浩浩。同心而离居,忧伤以终老。"凭栏而立,凝神远眺。她那清澈的眸子里,是否也泛动着点点晶莹的泪花?而今天我却只能在这雕栏画舫的疏影里,用一份薄凉的情怀去体会那份浓浓的思念。所谓人远天涯近,或许就像这艳阳下的荷叶,在温暖里却透着沁凉的忧伤吧?

隔岸观荷,坐在画舫上,眼中跳动的竟是一片朦胧的景象,一些游人在攀折荷叶和莲蓬的欢乐里张扬着异样的惊喜。此刻我的思绪早已被古诗带走,注定是无法分享她们的喜悦了。人世间最难跨越的距离,就是明明在想念却因了时空和距离而无法靠近。生活于我,难道竟真的要坐在这湖光藕色里去和古人做相同的畅想吗?同心而离居,忧伤以终老,是一种生活里的悲剧,还是一份忧伤的凄美呢?

正在遐想之时船却到了岸边,走进曲院风荷的时候我已经醉了。多像一幅美丽的风景画啊!满世界的荷叶铺天盖地地连成一片,一阵微风吹来,感觉就像置身在碧波荡漾的海上,而那随风摇曳的荷花更像夜晚海面上那一盏盏的渔火。此时,我也仿佛是那千万渔火中的一盏,随风摇曳,漫步起舞。直到对面桥上游人的走近,思绪才又回到了现实。

转过几条廊桥,坐在一处亭台的内栏上小憩,离我视线最近的还是相互依偎的荷叶荷花。看似同样青翠挺拔的叶柄,却举起了不一样的天空。荷叶就像是一柄柄绿色的华盖,清凉生香,苍翠欲滴。而荷花呢,却如同飘飘凌水的仙子,出尘脱俗,清丽多姿。然而正是由于它们这神奇的组合,才有了今天这婀娜多姿的荷花图。

世人爱荷赏荷,皆只看到它盛开时的美丽,又有几人能理解它成长的艰难呢?生成它们的母体被深埋在黑暗的淤泥里,它们不停地在母体里挣扎,日复一日,直到从母亲身体的不同部位分别长成花茎叶茎,再一起经历黑暗和湿冷,才能破土而出。在长出水面以后,却又共同经历着风吹雨淋和艳阳的暴晒，还要在不被人们无故攀折的情况下，才能开出荷花，生成饱满的莲子，再一起经历时光的打磨而枯萎老去，最后才能在一片秋风秋雨里枕着一片萧瑟相对呜咽。所谓同心离居，忧伤终老，不正是荷花和荷叶的真实写照吗？然后荷花老了，荷叶死去，莲子的心里只能剩下无以名状的苦涩。

　　想到这些我的眼睛不禁湿润了，想想市面上那些刚刚采摘下来就被拿去叫卖的新鲜莲子，终究无法成为我口中咀嚼的甘甜了。因为我怕甘在口中，下咽的却是一片苦涩的心。不知不觉中太阳已快落山了，而那满池的荷依然是眼前最美的风景。看着那相依相偎的荷，我在忧伤里感动。尽管它们知道迎接未来的有那么多的凄风苦雨，可依然展现出自己最美的一面，而一些遥望的忧伤，只是莲心自我包裹的苦涩。我清楚地看到，在荷花灿烂的笑脸里有对荷叶最深情的凝望，而荷叶呢？它一直就在那里，它用自己的宽广和伟岸，陪着荷花一起站成季节里最美的风景！

　　又是一年荷香里，我观赏着西湖的芙蓉秀色，在一首古诗的情韵里感悟着荷花与众不同的品质。转身凝视，夕阳已向晚，那些游意未尽的行人还在欢声笑语中观赏着西湖的美景，这年年岁岁的绝色风景，自有着世人纷至沓来的赏容，让我就这样携了一身的荷韵踏着夕阳，在一片香风的氤氲里归去吧！

第三章

水是眼波横,山是眉峰聚

早在一千三百年前,我国唐代著名山水田园诗人孟浩然在面对江南的山水时,就曾这样感叹道:"江南佳丽地,山水旧难名。"就连一代文豪在江南的山水面前都感觉到词穷乏力,可见江南的美景自有着摄人心魄的力量,美到只可意会而不可言传。

江南山清水秀,河湖纵横交错,于旖旎婉约之间却又透着灵秀典雅,自古便是众多文人墨客吟诵的对象。面对江南这绝色的美景,无论用哪一个词汇来形容都有一种意犹未尽的遗憾。如果说江南的山水是一个绝色的美女,那么坐落在淳安县境内的千岛湖,无疑就是这绝色美人的眼睛。

当汽车沿着杭甬高速一路行驶到富春江时,我在这一方如梦似幻的山水里沉醉。幸好坐在靠窗的位置,便用目光牢牢地锁住窗外飞快后退的风景。此时空中下着蒙蒙细雨,只见江面上片片涟漪漾动,远处青山含黛,一些红顶白墙的小楼掩映在一片氤氲的烟雨里,更给这片山水增添了空濛的神韵。在感叹江南山水的秀美之余,终于深刻地体会到"天下佳山水,古今推富春",原来并不只是那些文人夸张而诗意的吟咏,它更是我眼前这片写意山水最真实的写照。

进入桐庐段之后,天光逐渐放晴,景色更加缥缈空灵起来了。汽车在清翠秀丽的山间蜿蜒,而那清碧见底的江水好像怎么也不愿意离开山的怀抱,便一路跟随着我们迤逦缠绕而来,此时真不知道是山醉了水,还是水醉了山。我觉得它们更像是一对柔情蜜意的情侣,于缠绵缭绕里更显风情。遥望着掩映在绿得能滴出水来的丛林之间,三三两两的小楼和岸边的村落,突然觉得它们就像是从童话里走出来的城堡。这一方柔媚的水啊,这一片真实存在的山啊,却因为有了雾的迷离而让人感觉到有一种雾里看花的虚幻。或许这便是人性,对很多我们无法用肉眼看得真切的事物有了疑虑,其实水真的是那水,山也真的是那山。

遥想着古时候的那些文人墨客,他们又是怀着怎样的一种雅兴而在这一方山水里沉湎啊?一首诗、一叶舟、一杯茶、一壶酒、一幅画就是这山含情水含笑的精致所在吗?看着那些缥缈得像梦一样的小楼,在心底幻想着如果有一天等我老了,能够移居于这一方山水间,那该是何等的诗情而惬意的所在?

随着车子猛烈地摇晃,导游用温婉的语音大声地提醒着旅客准备下车,千岛湖景区到了。看来我在自己的遐想里沉浸了太久,思绪瞬间被拉回了现实,这才是此行目的之所在啊!当那无数次在图片里看到的仙境真正呈现在眼前的时候,我的心情开始澎湃,脚下更是多了一份相逢的迫切。

怀着激动的心情跟随导游上了"沁园6号"游轮,此时太阳异常明媚,空灵而秀美的湖光山色在这样的天气里更加清澈纯净，真恨不得自己能长出四只眼睛。那些目不暇接的美，瞬间震撼得人想流泪。

远处那些连绵起伏的青山，就像一个拥有魔法的巨大容器，不动声色地便把这一池摄人心神的湖水纳入其中了。水绿得像染过似的，一行行白色的飞鹭映衬着青碧的湖水，美得简直就是一幅诗意的山水画。稍远一些的湖面宛若明镜，净蓝如洗的天空倒映在苍碧青翠的湖水里，像棉花糖一样漂浮着的朵朵白云，此时早已分不清是在天上，还是在湖里。我们的游轮灵活地穿行在一些草木苍翠的岛屿之间，感觉像是一尾游弋于大海的鱼。远处那些星罗棋布的岛屿，像一把把被撑开了镶了金边的巨大绿伞，就那样亭亭华盖地漂浮在湖面上。这就是世外桃源吗？我想如若陶公在世的话，他笔下的世外桃园也美不过此时我眼前的风景吧？

导游看着兴致勃勃的我们，绘声绘色地讲起了千岛湖的由来。原来千岛湖的原身竟然是有着1800多年古老历史的古城和1377个古村落。国家在此经过两年多时间建成了新安江水电站，而新安江水库不断地蓄水，使得两条山脉之间海拔在108米以下的山脉都被淹没了。在这范围内的三大山系，又形成了无数迤逦起伏的崇山峻岭和丘陵低山。由于水高山低的结果使无数山峦半淹在湖水之中，这才形成了我们今天所看到的千岛湖的奇观。

导游不无遗憾地告诉我们，就在我们现在看到的这片青山碧水当中，不止掩埋了古老的祠堂庙宇、楼堂会馆、书院亭阁、古塔牌坊，还包括很多村民赖以生存的民居宅院和老街小巷。也正是由于这些村民背井离乡的迁徙，才成就了今天的千岛湖。虽然千岛湖的风光是迷人秀丽的，但是千岛湖背后

第五卷
红尘阡陌，写意山水

的故事却是凄美而忧伤的。或许这就是生活，很多事物都带着我们无法两全的正反面，我们拥有了眼前这诗情画意的美景，却是以多少村庄和古老的文明深淹湖底作为代价。而如果保全了村庄，又在哪里去寻找这一方世外桃园呢？

导游接着说，这一湖水的形成也非一日之功，大概用了十四年的时间。原来是十四年日夜不停歇地积攒，才有了这一湖让人陶醉的山水。如果年少时，我们就能懂得桑田变苍海并非一日之功，人生又会少了多少迂回的曲折？年少时，我们总是带着"捡尽寒枝不肯栖"的高傲，总想着一步登天的快捷，却从未想过抱着一个目标坚定不移的去努力。其实人生就像这湖水一样只要你愿意努力和坚持，不管栖息于何处，从那里开始，都一样可以成就理想的天堂。

在游轮上用午餐，已经是千岛湖览胜别具特色的项目。清香远溢的清蒸花白鲢、清炒莼菜和竹笋烧排骨，为这一片水色天光的曼妙，更是增添了无穷的回味。很多后来对那一方世外桃源的回忆里，不仅是这人间仙境般的风景，还有这口齿留香的美食。

下午去了梅峰岛、月光岛等几座有名的岛屿。比人还高的巨锁、月老的雕塑、飞檐翘角的海瑞祠和宁古钟楼，都成为我相机中一一留取的影像。站在古色古香的回廊里，听着悠扬的钟声撞击着心扉，隔水遥望县城千岛湖镇雄姿，一份诗意的情怀已醺醺然。那天通过鱼乐桥时，运气似乎特别的好，传说中闻名遐迩的"小青"和"白娘子"都非常配合似的浮出了水面。所谓的"小青"和"白娘子"是一青一白的两条巨鱼，据说能有一百多斤。相对于那些眼花缭乱万鱼攒动的景象，小青和白娘子却是一副淡定的怡然自得，不禁惹得游人一声声惊奇的赞叹。

　　登岛之旅快结束的时候，我们改换了自费的小舟。由戴着斗笠的艄公立在船头，手里的竹篙轻点，小舟便飞快地滑行出去，自有一种"轻舟已过万重山"的风雅。此刻的我，已醉在这一片比仙境还让人陶醉的山水里，看着碧波微漾的湖水和远处峰岚叠嶂的远山，我终于找到最为恰当的词汇来形容此时的感受：水是眼波横，山是眉峰聚。

　　返程的途中，看着眼中一点点变化的那些空灵含韵的风景，更加深刻而真实地感觉到在这一片山水里，山是水的脊梁，而水就是山的风骨。它们仿佛是一对不可分割的情侣，山给了水依靠，而水又给了山洗涤；水是女子那曼妙横斜的眼波，而山就是男子那英武俊秀的剑眉，它们相互依偎而存在，缺少了任何一方，这份唯美和灵韵都不会存在。

第四章

陪你去看海

春节刚过，空气里烟花的味道还未消散，你说我们去看海吧！语气里带着孩子般的讨巧，我在低眉浅笑里沉默不语，你却欣喜地描述着春节后鼓浪屿的种种风情，无奈终抵不过你的缠磨，于是一场与海有关的约会再次成行。

不是不愿意相伴，而是我一向不喜欢热闹，总会清冷地觉得人世间所有的热烈过后便会归于寂静，就算出行也会刻意地避开人流高峰。看着那些报道说春节的海边像煮饺子一样的人山人海，便有一种窒息的感觉。再者我总认为海边去过一次就够了，人生有太多的事情要做，相同的风景没必要去看两次，一路上都有你否定的反驳。

童年对海最早的了解来自那首流传至今的《外婆的澎湖湾》。十八岁那年当我独自去过北海之后，虽然在那里看到了渴慕已久的海浪和沙滩，却终究没能想象出海边的仙人掌是什么样子的。

走过了太多的人间烟火，终于清楚这世间没有人会陪你到永远。从出生到离世我们身边的人事也会不停地变换,幼年时候的父母,结婚后的爱人,能够延续我们生命的孩子,他们只在我们的生命中相伴一程,而脚下的路终归还是需要自己去走。明白了这个道理,很多热烈的情绪也会变得淡然,所以总是喜欢一个人行走。

还记得那年夏天,青岛五四广场旁边的那片海滩,当我们到达时已是早秋。很多游客在一场刚刚退去的潮汐里欣喜地捡拾着大海带来的礼物。我们好奇地看着一些附近的居民在礁石上挖着牡蛎,一只被海浪簇拥而来的小螃蟹被我抓住之后又放生了,你的眼里有了灼灼的喜悦。而那年的海边,我唯一带回来的只是几枚在浅水的沙滩里捡拾的贝壳和海螺。尽管它们远没有那些商贩兜售的漂亮,却是我亲自捡拾的带有纯真的海洋气息,是不可多得的天然珍宝。这世间太多的东西都被人为的加工过后,便会带着无法还原的真实,而那些纯天然的东西都是最宝贵的财富,一切来自自然的事物都值得我们珍藏。

那天下午,我们并肩坐在海边的礁石上相顾无言,我想你一定跟我一样在想海的那一边是什么。夕阳把海水染成一片晕红,我鲜艳的红裙在海风的爱抚下呼啦啦地鼓动着。这世间的很多懂得真的无需过多的语言,咸咸的海风温柔地吹起我飘散的头发,你宠溺地把我的长发拢起。拥簇的海浪欢快地撞击着脚下的岩石,碎了一地的浪花洒在我们身上,留下幸福的印迹。

第二天去了崂山,在崂山顶上看海却又是一种别致的精彩。远距离地看海,海便少了一份涌动的咆哮,多了一份安谧的宁静而显得更加博大而宽广。小时候电视广告里那句山的那边是海,终于让我在崂山上找到了相同的答案。眺望着远处迷离的海雾，海便成了一片灰色的朦胧的景象，阳光也因了雾的浓厚而显得薄弱而暗淡，那样的海景没有想象的唯美，然而却是真实大海的一部分。后来我常常回忆那年的崂山，很多情绪就像那片海雾一样终带着迷茫的困惑。

飞机抵达高崎机场已是下午，我们决定去看鼓浪屿的夜景。对这片海域最早的了解是源自一个远嫁同乡的介绍，她说你一定要来，鼓浪屿的气候最养人。虽然天气预报不到二十度，但是春天的海滨却是出奇的温暖。暖暖的海风轻轻地拂过面颊，恍惚中有一种刚刚品过红酒般的慵懒，你看着我微微红了的脸轻轻地挽起我的手，我们像很多年轻的情侣一样用相机贪婪地摄取这样的美景。

也许是过了春节的那份热闹和拥挤，此时海边的游人不是很多，无意中便多了一份怡人的温馨。看到这份清静，我便没由来地欢喜，一边踩着细软的沙滩奔跑，一面对着大海发出欢快的呼啸。你看着我陶醉的表情，露出了狡黠的笑容，我懂你是在无声地提醒我当初不愿意来的那份心事，便撇撇嘴微笑着走到了前面。

此时的海水像滤过了一样的静蓝，连远处拍过来的浪花都带着干净的纯白，更远一些的地方几只洁白的海鸥在海面上相互追逐嬉戏着，一些漂亮而精致的红顶小楼错落有致地散落在海边的树林当中，更是给鼓浪屿的海岸增加了一份灵动而曼妙的风情。不可否认，鼓浪屿的海水要比青岛干净了许多，我终于在一场事实胜于雄辩的见证里认同了你的观点。不同地域的海也会有不同的美，就像我们观察同一件事情一样，从不同的角度出发也会有着"横看成岭侧成峰"的差别。

晚上我们坐在海边看着来来往往的船只，星星点点的渔水和灯塔在夜幕下散发出迷离的梦幻。这样的场景使我想到了江枫渔火对愁眠的哀婉，你却轻轻地揽住我的肩膀，微笑着说以后每年我们都去看海吧！如果说这样应景的话语也是深情的承诺，那么我愿意一辈子陪你去看海。

第五章

烟花三月下扬州

在一首流传千古的《黄鹤楼送孟浩然之广陵》里,对扬州生了缥缈的向往,像烟花一样灿烂绚丽的三月,多美啊!美得恍如隔世,又美得仿佛不食人间烟火,而最重要的是在这样美好的时光里去风景如画的扬州,光是听着便让心神摇曳。而真正地走近扬州,却是因为童丽那深情款款而缠绵清丽的歌声的邀约,扬州在我的心中还未抵达便已先声夺人了。

阳春三月,春风如剪,微风细细,仿佛只是一场细雨无声地淋漓,江南的春光便飘摇出一片李白柳绿,姹紫嫣红的生机。一些在柳色里探头的红杏,在蒙蒙的细雨里,更添羞煞蕊珠宫女的娇媚。在这样的季节里相对地走近,我既没有需要送别的故人,也没有需要探寻的好朋友,只是单纯地怀着一份邂逅自然和时光赋予的美好,脚步里自然多了一份轻快的欢喜。

三月的扬州,空气里仿佛都带着隐隐的绿,虽然没能窥见杜牧笔下依红偎翠、香艳旖旎的扬州,但是此时的扬州的确是慵懒的,同时也是清新的。慵懒的是人们缓慢的表情,吴语侬软的嗓音,柔和而温软的风,空气里微微漂浮的馨香。就连那湖水里的鸭子和柳树上低垂下来的枝条，都带了一份懒散的妩媚。而清新的是那些鲜艳的红，明亮的绿，精致的白和清澈的湖水。好一派清丽明媚而又迷人的风光啊！真是"春风一夜吹乡梦""杨柳阴阴细雨晴"。

杏花，春雨，江南虽然只是诗人笔下写意的描摹，但是却带着这片土地特有的神韵。扬州的春雨，细碎而无力，孱弱得就像春天里刚刚破土而出的嫩苗，让人在不自觉中便生出一份心疼的怜惜。温柔是世界上最强大的力量。温软的扬州山水也是治愈那些政客失意灵魂的法宝和利器，或许这便是杜牧当年流连于扬州最主要的原因吧！

不只是扬州的山水，还有扬州那些风情而又娇媚的女子。唐朝的扬州是长江中下游最繁荣的都会，店铺林立商贾如云，酒楼舞榭比比皆是，魅惑得连同杜牧这样才华洋溢的男子都失去了分寸。如若不然，又哪来的这"二十四桥明月夜"的流传千古呢？如今的二十四桥典雅依旧，那些雅致的白玉桥身仿佛还在无声地诉说着当年的浪漫，只是杜牧的故事却成为历史上永远的传说。可见人类相对于自然来说，竟然是那样的孱弱和渺小。这样婉约柔媚的扬州城终归只是它表面的一部分，一个城市就如同一个人一样，外表带给我们的只是一种表面的视觉感受，而只有当我们走近它的历史和昨天，我们才能真正地了解它的底蕴和魅力。

看着京杭大运河上色彩艳丽的画舫，不难想象当时隋炀帝生活的奢靡和铺张。尽管杨广作为一个帝王来说，无疑是失败和遭人唾弃的；尽管当初开凿这条大河一部分的目的是为了满足自己的私欲，但是不可否认也同样给这座古城带来了经济和文化的繁荣，或许他当初也不会料到他的京杭大运河能对后世产生这么深远的影响。历史的对错，往往只能留给后人来评说，我们能够把握的是珍惜所拥有的每一个今天。

如果说以上这些元素够成了魅力扬州的躯干，那么瘦西湖就是扬州的灵魂。它不仅风光秀丽，妩媚多姿，光是品读它的人文历史，就是一部厚重的史书。泛舟在瘦西湖上，两岸花柳林立，不断变换的亭台楼阁和人文景观让人目不暇接。绿杨村、西园曲水、长堤春柳、小金山、白塔等一处处美丽的景点让人数不胜数。随着画舫不停地移动，十余里长的湖面，俨然就是一幅天然的画卷，瞬间有一种穿越时光隧道的错觉，仿佛那些悠悠远去的人文风物纷踏而来，美得惊天动地。

而那座仿北京北海的五龙亭和十七孔桥而建的南秀北雄闻名遐迩的五亭桥，更是完美地展现了扬州特有的刚柔相济的风采。五亭桥又名莲花桥，因五亭桥上建有极富南方特色的五座风亭，挺拔秀丽的风亭就像五朵冉冉出水的莲花，因此五亭桥也是最具艺术美感的桥。遗憾的是白天游湖自然无法欣赏到扬州的月色，但也正是因为有了这份遗憾，以致后来想起扬州的时候才会有一份意犹未尽的回味。天下月色，三分之二在扬州，应该是何等的醉人？

杜牧笔下的扬州，抛开二十四桥明月夜和自娱自乐的酒肆茶楼之作外，最让人充满幻想的便是他笔下的娉娉袅袅十三余的那个少女了，连扬州路上十里长街的姑娘都比不上她，那又是怎样的一种曼妙和风韵啊？

看介绍说十里长街指的就是现在的东关街，从个园出来已经下午，天边开始有了晚霞，夕阳下的扬州多了一份静谧的沉稳。当我踏入东关街的时候着实被吓了一跳，这还是苏州吗？古老的城墙，宽阔的城门，青砖黑瓦的房屋俨然没有了江南小桥流水的温婉和细腻，无形中呈现出一种厚重的古朴，或许这又是扬州的另外一个表情吧。思绪有那么一刻停顿，我已无法想象那样一个美丽的女子与今天这条街道能有什么关系。我们都跟历史隔得太远，那样一个美好画面终是一份想象里的唯美。而一个城市从历史走到今天，在经历了时光的风吹雨打之后，一定会呈现出一种多元化的色彩，这是时代发展的必然趋势，这世间又有什么是亘古不变的呢？

三月某天的这个傍晚，我对扬州这座千年古城做了最真情的探访。远处那些随风飘扬的柳枝摇曳着绿烟一样的葱郁，一些灿烂得如霞似火的花朵升腾成春光里耀眼的花云，一切都美得跟烟花一样绚烂。尽管有些刻意地找寻已经与我失之交臂，但是就这样信步徜徉在温暖的春风里，童丽那首缠绵忧伤的《烟花三月下扬州》在我身边轻轻地流淌。

第六章

玉容寂寞泪阑干

　　三月的桃花还未开败，相邻的那棵梨树上却已经挂满了素白的花苞，相对于桃花的火红热烈来说，骨子里更喜欢梨花的雪白清凉。友人来电说欲到马嵬驿一游，突然就想起了杨贵妃自缢的那棵梨树，不知道现在是否也开满了这雪白的精灵？

　　白居易的《长恨歌》把一代帝王的爱情故事描绘得那么缠绵悱恻，在千古流唱的凄美里不知道赚了多少人的嗟叹？尽管现在改编的歌舞剧让沉寂的历史在华清池里复活了，可今天的马嵬驿还能给我们留下什么，那棵沾染了一代绝色佳人香魂的梨树还在吗？带着这样的思索我们一行便向马嵬驿进发了。一路上看着友人有说有笑的欢颜，就连空气里仿佛也沾染了怡人的喜悦。历史的凝重瞬间就像飞闪而过的高楼大厦一样，逐渐被我们甩在了身后。

　　到达马嵬驿，当想象和现实有了较大的差距时，我只能隔了时光的距离去探寻一份历史里的久远。天宝十五年，即公元756年，安史之乱的叛军一路势如破竹直捣京师长安，唐玄宗携杨贵妃姊妹及一干皇室亲贵仓皇出逃。

由于帝王专宠，杨氏一门长期作威作福而招致军民怨恨，行至马嵬驿时将士在诛杀了杨国忠之后三军不发，请命赐死杨贵妃。在至高无上的皇权面前，权力永远高于爱情，至此一代佳人香消玉殒，只是有关他们的传唱却未绝于耳。凝望着眼前的一切，我知道几百年前，那场惊心动魄的马嵬驿兵变已湮没在历史的长河当中。只有墙壁上四处张贴的安禄山海捕令还提醒着在这里曾经发生的一切，传说中杨贵妃自缢的那棵梨树也不复存在，这里今天已成为可供后世吃喝游乐的商业街。

看看时间还不到十点，本来游人如织的小镇竟然显得空旷而静谧。时间好像真的因了远古的史迹而静了下来，风仿佛也因有了太阳的陪伴而变得柔和了一些。一些被高高挑起的布幔酒旗迎风招展着，金黄色的阳光在古色古香的小巷里忽明忽暗，那些应景而挂的红灯笼在微风里轻轻地摇晃着，这样的场景倒让我觉得恍如隔世的熟悉。突然忆及了那年南京的乌衣巷，我也是站在这样曲径通幽的青石小巷里浅笑。只是那时的江南，水色里多了一份烟雨朦朦的情韵，而北方的天空却更显空旷阔达。

仔细打量着这里的一切：大到房屋的建筑，小到门店旁的物用摆设，无不透着古朴的典雅，不得不说设计者的独具匠心。若不是这里的人们都穿着现代服装，我肯定会怀疑自己一不小心穿越到了古代。可惜商户们五花八门招揽顾客的喊声，倒与这里的环境显得格格不入。

此时从四面八方慕名而来的游客渐渐多了起来，朋友们一扫往日的矜持和安静，活脱脱就是一个个顽皮的大孩子。她们不停地对着琳琅满目的各色吃食露出幸福而夸张的表情，一碗粉汤羊血，一碟香酥小黄鱼，一个素菜团子都会引发幸福的喧嚣和尖叫。

看着眼前这繁华热闹的景象，我在心底为那缕国色天香的香魂惆怅。如若当年那个宠冠后宫，令天下女子都黯然失色的贵妃娘娘在天有灵又作何感想？她会不会情何以堪地悲切垂泪？她的丧生地到如今却成为了后世的欢乐谷。或许这便是时光的无情之处，不管当年的历史是如何的恢弘或壮烈，在它面前都是那么的不堪一击。只有马嵬驿入口处三架仿唐马车，仿佛还昭示着曾经有这么一个绝色佳人魂断于此。

看着已被商业化别具陕西风情的民俗小镇，我已不打算再觊觎历史风云里的蛛丝马迹，因为我知道如若杨贵妃能够转世，她一定是带着玉容寂寞泪阑干的凄楚。就这样信步徜徉在被无数游人磨得发亮的青石小路上，鼎沸的游人就像来回穿梭于河流的鱼，惬意地寻找着适口的美食。所谓入乡随俗，看着大家欢快的笑脸，一向喜静的我也叽叽喳喳地加入友人的行列。

都说北方的女子豪迈而潇洒，北方女子虽然少了南方女子的柔媚和婉约，但是那种率性而为的个性却总能让人体会到生命的张力，这便是所谓的一方水土养一方人吧。这一刻的我们就是一群笼子里飞出的鸟儿，三三两两的游人也在我们明媚的笑容里露出了灿烂的笑脸。虽然大家并不曾相识，但是一个温和的笑容便会让人在心底溢满暖暖的阳光。

在生活面前，虽然每一个人都是一个独立的个体，都需要自己独处的时光，但是同样也需要社会的共融性。然而在物质极度丰富的今天，一堵钢筋水泥墙隔开了人与人之间的距离，人心也仿佛因为有了这冰冷的禁锢而变得疏离，只有真正地走进人群，生命才会显得生动而更有质感。

就这样随着人群流连在各色美食面前，此时对于历史的追寻已被我抛之脑后，生命仿佛因为有了这一场无意的邂逅而欣喜着。更或许是这样的活力才让生命显得更加生动和真实吧！尽管这样的情愫，早已违背了寻找一代佳人和帝王凄婉爱情故事的初衷，但却收获了更多的真实。时光走到了今天，那些美丽的传说就让它随着历史的车轮滚滚而去吧！

第七章

凤凰山的野菊花

　　秋天来了，似乎太阳一下子就给拉开了好远！天也高了，云儿就像洁白的羊群，在风的追赶下越发欢腾了！一缕风轻柔地滑过，然后再一缕轻轻地撩起我单薄的衣角，紧接着就是连绵的秋雨密密地笼罩着整个天空，心情忽的沉重起来。一些发霉的心事，细碎无声地潜伏在漫天的秋雨里尽情地疯长！

　　手机轻微地颤抖了一下，一条信息瞬间跃入眼底："姐姐，刚刚路过你的城市，今年的菊花又开了，秋虽凉，但记得要做一个明朗的女子哟。"思绪忽然就醒了，记忆像一朵水粉的荷，慢慢地浸染出一道记忆的长堤。

　　记得那年美丽的延安凤凰山，对于我来说只是一份逃离之后的栖息。闲暇的时候总会捧着一卷宋词，瞪着无助的双眼在泛黄的夕阳里发呆，直到天边只剩下最后一丝光亮之前才会离去。日复一日，树木已由翠绿慢慢变得枯黄，而我只会蜷缩在自己的世界里哭泣。我是那样的忧伤，苍白的高原上只看到漫山遍野的狗尾草在荒芜地摇曳。每当看到此情此景，我的内心只会延伸出更多的荒凉，最终却又无奈的一点一点碎在时光的流影里浑然不知。

那天，一个女孩突然捧着一大把野菊花跑到了我的面前，略带腼腆地说："姐姐，这个给你。"我这才仔细打量起她来：十五六岁的年纪，一身粉色的运动服，一小撮稀稀拉拉的头发随意地挽在脑后。可能因为风沙的缘故，双颊布满了细细的血丝。一大捧黄白相杂的野菊花就那样捧在她的手上，带着秋季里特有的斑斓。我呆呆地看着菊花出神，她却轻轻地把它送到我的面前，晶莹的花瓣上分明的还带着泥土的芬芳。我深深地吸了一口清新的空气，顺手接过菊花轻轻地笑了。

她冲我咧嘴笑了笑，露出了两颗洁白的小虎牙，仰着头定定地在看着我。好像过了很久，她轻声地说着："姐姐，你笑起来真美！我留意你很久了，为什么你总不笑呢？"

看着她那无邪的眼神，我衷心地说道："你也很美啊，小妹妹，你叫什么名字？"

她指着不远处的农庄开心地说到："姐姐，那里就是我家。我叫晓晓，你真好！你是这么长时间以来第一个夸我漂亮的人。我病了，现在正在做化疗呢，一个月就得去医院一次，头发以后只怕也会掉光了。"

说着她有些神色暗淡地低下了头，纠结的眉头轻轻地抖动着。我茫然地看着她，不知道如何去安慰她，这年轻得像花一样的生命啊！只是片刻她便又舒展开眉头，带着灿烂的笑脸说："不过没有关系的，妈妈说到时候我就可以戴帽子了，每天可以戴不同的帽子，多好啊！走，我带你采菊花去！"说完她还调皮地冲我眨了眨眼睛。

我怔住了:"你开玩笑吧!怎么会呢?你还这么年轻。"

夕阳拉长了她瘦弱的身影,她低下头轻轻地抚着刚采摘的一株白色的菊花低声地说:"是真的!"只是几秒钟的工夫,她又抬起了头,扑闪着一双明亮的眼睛对我说:"不过没有关系!我相信我会好的!"

看着眼前的菊花,我的心轻轻地颤动起来,眼睛瞬间就酸涩了。她却如同一只快乐的燕子,灵巧地穿行在各色的菊花之中,一点也不像一个重症患者的样子。

我拼命地忍住泪水不敢再去看她的身影,只是低下头认真地采着一束束灿烂的野菊花。真不敢相信这一切都是真的,多么年轻活泼的一个孩子啊!鲜花一样的年龄,只是我怎么也没想到此刻她却正在经历着生死的考验。可她却那么无私,在自己最艰难的时候还把阳光一点一点地分给别人,我惭愧地低下了头。从那以后每天我都会去采一束野菊花,让缤纷开满我的心房。很多时候我会把那些菊花放在办公桌上,因为只要看到菊花我便会想到那么美好的晓晓。有时候去采菊花的时候也会碰到晓晓,只是我们谁也不去提起生病的事情,只是在夕阳下灿烂地笑着。空气中到处都弥漫着野菊花的味道,我终于学会了带着明媚的笑,再把菊花一点一点的分给其他人。

不久我就离开了那座城市,在临行的前一天我要了晓晓的联系方式轻轻地写在她的手上:"记得给我消息!"她轻轻地点了点头,依然是一束漂亮的野菊花双手递了过来。山风吹落了她的帽子,此时她的头发已经全部掉落,只剩下光秃秃的头皮,可我觉得她是那样的美!我轻轻地拥抱着她,能看到她目光里有晶莹的东西一闪而过。我们放开彼此在夕阳下微笑着道别,然后我转过身朝她挥了挥手，大踏步地向前走着。泪不由自主地淌了下来，只能任晚风一次一次地风干！

每过一段时间我都会给她发一条信息，我知道在那条路上她的孤独和无助，只想用一条短信的温暖陪她一段行程，就像当年她陪我一样。虽然再没见过她的人，但从信息里依然看到她的坚强。很多次我都在祈祷，害怕再也收不到她的回信了。每年的秋天到了，我的眼前总会开出一片灿烂的野菊花。那是凤凰山的野菊花吗？亦或是她？

人说秋菊能傲霜，她用瘦弱的躯体顽强地跟病魔斗争了五年，她不正是秋风里那朵最美的野菊花吗？无论风霜怎么凌冽，她依然会张着灿烂的笑脸。想到此处我轻轻地回着她的信息："妹妹，天凉秋重，我们都要好好地活着，你永远是凤凰山上那朵最美的菊花。"默默地合上手机，我在心里虔诚地祝愿：愿好人一生平安！

抬头看天，天空越发得高远了！几朵白云正似羊群一样从天边飘过，我的眼前是那漫山遍野的野菊花。想起她时，她正和那些菊花一起蹁跹起舞！此时我早已分不清楚，哪个是菊花，哪个是她了！

心，也跟着那些灿烂的菊花，在秋风中轻轻地摇曳起来！

第八章

一城山色半城湖

　　结束了青岛的行程看看还有几日闲暇，便乘坐高铁去了济南。济南自古以"泉城"著称，因此一想到济南，我的脑海里便呈现出一片灵秀的润泽。自古文人墨客对济南的赞誉就不绝于耳，在小学时就曾学过著名作家老舍先生的《趵突泉》。他在课文里一开篇就这样写道："千佛山、大明湖和趵突泉，是济南的三大名胜，现在单讲趵突泉。"相对于趵突泉和千佛山来说，我更钟情的还是那湖面水平如镜的大明湖。

　　更钟情于大明湖的原因，无外乎是一个女子的唯美想象。那年琼瑶的小说《还珠格格》被拍成电视剧之后，一时间火热到大人小孩子都耳熟能详的程度。琼瑶借夏紫薇之口，无限哀婉地问乾隆皇帝："你还记得大明湖畔的夏雨荷吗？"尽管那只是一个故事，可是至少在言情小说大家琼瑶阿姨的眼里，那是浪漫而温情的地方。它适合邂逅，适合一段凄美爱情的开始。

　　因此，如果有人说去大明湖，必定会有朋友开玩笑说："帮我看看当年大明湖畔的那个夏雨荷还在不。"你听，光只是夏雨荷这三个字，便无声地夺了人的心神。夏天里沾满雨露的荷，于清绝里有着楚楚的羸弱，在娇柔中却又带着凌风的傲骨。先不说这女子的形象如何，光只是这样一份生动的想象，顷刻就醉了！仿佛坐在一棵开满梨花的梨树下，正巧有人轻灵地唱起《梨花香》；又好像是一个长发飘飘的女子，穿了一身素衣静静地坐在樱花纷飞的树荫里弹着古筝。所以在没见到大明湖之前，大明湖便在我的眼里有了无限的想象和诗意，那该是怎样一个诗意而怡人的去处啊？

到达济南已是傍晚，在酒店前台咨询得知住处离大明湖只有一站路。看看天色已晚，而且又在一个陌生的环境，便只得按捺住了趁着暮色去湖边走走的想法。一夜便在那种临近却不能靠近的辗转里挨到天亮，早早起床收拾妥当了便去售票处等候。原想像我这样迫切的寻访者，应该是一份独一无二的痴傻，然而到了才知道这只是我一厢情愿的想法，尽管太阳刚刚露出一点微弱的晕黄，可已经有不少人在那里排队等候了。暗暗在心底自嘲一声，看来寻找夏雨荷不只是我一个人的诗意。看着慢慢靠拢的游客，我三步并作两步地加入排队的行列，十多分钟之后终于拿到了门票。进了大门看到一些宣传荷花节的标语还在，只是遗憾的是此时荷花节已经结束。虽然错过了最佳的赏荷时节，但却并不影响我要迫切亲近大明湖的心情。

"四面荷花三面柳，一城山色半城湖"是宣传里对大明湖的唯美描述，虽然众人都说看景不如听景，但是听的永远是别人口中的景，而自己的景还是需要自己去看，否则大家的生活岂不是千篇一律而失了趣味？这样想着时便不知不觉地随着行人的脚步到了湖边。

此时已是早秋，清晨的微风里有阵阵的薄凉，那些随风摇曳的柳条仿佛是在欢迎我们的到来。看着碧波澄清的湖面，深深地嗅着温润而清新的空气，一阵阵荷叶的清香瞬间沁入心肺。一些镶嵌在湖面转角处的荷叶，远远地望去就像是天边簇拥而来的一朵朵翠云，而一些还未凋谢的荷花或粉或白地穿插在它们之间，湖面便多了几分生动的空灵。远处一些古色古香的画舫安静地泊在岸边，和错落有致的亭台楼阁遥相呼应地形成另外一些旖旎的浓艳风情。而那些绕着湖面低垂的柳树，在逐渐攀升的太阳下呈现出一片袅袅的清丽。由于游客还并不是太多，大明湖在微微笼罩的朝霞里显得静谧而又纯净。我知道这只是喧闹的前奏，透过安静而澄澈的湖水，一些温暖的情思瞬间涌上心田。很多时候我们总固执地在一片向往里去跋山涉水，可等到曲终人散时我们还是得趋于平静，就像此时安静无人的湖面，或许这才是生活里最常有的状态。

一群有说有笑的游客把我拉回了遐想的沉思。这是一群非常有活力的老太太，看着她们亲切而温暖的笑容，我决定跟在她们的身后。而人到暮年还能保持生命的热情和温度，便无声地让人动容。跟随着她们游完历下亭、铁公祠、南丰祠和北极阁之后，我在心底与她们默默地告别。旅游就像人生，很多人都会与你相遇并默默地相伴一程之后又默默地走远。很多人在你生命里悄悄地来，又悄悄地走，来时没打招呼，走时也无需刻意告别。

目送她们逐渐走远，便购了船票去游湖。选了画舫上靠窗的位置坐下，便安静地等待着开船。不管是出行还是吃饭，一直都喜欢有窗的位置，这又是性格里另外一种固执的偏好。人说眼睛是心灵的窗户，而生活里更不应该少了窗。很快画舫上便呈现出一片热闹的气氛，导游一边利索地招呼大家坐好，一边绘声绘色地介绍起大明湖的风景趣闻。在导游的详细介绍里，我对大明湖有了更深刻的认识。原来大明湖不只有着"四面荷花三面柳，一城山色半城湖"的自然风光，还有着厚重的历史背景。最让我记忆深刻的是大明湖的"青蛙不鸣，蛇踪难寻，久旱不落，久雨不涨"的四大怪异现象。遗憾的是那时的太阳被一片乌云遮住了半个笑脸，因此万分期待的佛山倒影并没有呈现。或许这便是我与这景致的缘分，因为生活里总会充满无法圆满的缺憾。

从画舫下来已接近中午，刚才被遮住的太阳已挣脱乌云的怀抱，又开始有了炎热的炙烤。碧波荡漾的湖面不时传来游客的欢声笑语，远处的亭阁里有隐约的歌声飘了过来。我深深地沉醉在这一方水色里不忍离去，索性在湖边的长椅上坐了下来，我要把这一份美丽永远记在心中。

第九章

江南，多少梦里行客的眷恋

年幼时，白居易的《江南好》就在我的脑海里留下了深刻的印象。而随着接触到更多诗词对江南的描写，江南于我的印象当中是烟雨濛濛、莺飞草长的三月，江水如蓝、江花似火的明艳，月下桂子、醉舞芙蓉的清丽。可在读了余秋雨老师的《文化苦旅》之后，我对江南的感悟更是多了一份深层次的人文见解。

翻开历史的凝重，不知有多少文人墨客、政坛豪杰都在一次次挥舞起手中的那支狼毫，深情而饱含赞誉地去描绘出一幅幅优美而生动的江南画卷。他们爱江南的山娇水媚，爱江南的风情如画。得意时江南便是他们绚丽人生的温床，他们可以寄情山水纵酒当歌；而在失意时，同样也会默默地躲进江南温情的怀抱，任江南的温软去安慰那颗疲惫而又苍凉的心。

因此这样的江南总是给了游人一份神秘的向往，于是在一个云淡风轻的季节，我踩着湿漉漉的青石小路，在一场天青色的烟雨里去追寻那些曾经黯然，或安逸在江南里的过往行客的身影。

奉旨填词"柳三变",在政治上终不得志,一生郁郁寡欢。仕途的坎坷、生活的潦倒,迫使他由追求功名转而厌倦了官场,终身沉溺于旖旎繁华的都市生活,在倚红偎翠浅斟低唱中寻找心灵的寄托。于是他在江南用凄切的曲调,唱出了盛世繁华下部分落魄文人的痛苦。尽管他在浪漫风流中沉沦,他的词曲也是在凄婉缠绵中写尽儿女情长,但却不靡靡。他的词不仅构词意境脱俗,豪放不羁,且又浅白易懂而极富感染力,因此一时间传遍大江南北。

酒入愁肠便化作那咫尺天涯的叹息,是谁一次次的离别?是谁,将声声叹息揉入颤抖的花蕊,在浅红色的桃花笺中晕出一抹晶莹的清泪?有"小杜甫"之称的杜牧,在一朝政治失意之后,就纵然投进了扬州那温软的怀抱。我想那个时候,他需要的是扬州的十里繁华来麻醉那失落的灵魂。尽管后来他曾自嘲的在诗里写道:"十年生死扬州梦,赢得青楼薄幸名。"可我想他于内心深处,更应该感谢这水柔情浓的扬州烟花巷陌吧!正是有了这些抚慰,他的那段时光才不会过得太痛苦。

在风光如画的江南徘徊的那些日子,他用一支断箫吹亮了二十四桥的明月,一首《杜秋诗》更是千古传唱。熟读史书,看透了时局,杜牧却无法力挽狂澜,只得无奈地将一腔悲愤交于酒肆。对于他而言,饮酒成了疗伤祛痛的乐事。看南朝四百八十寺,现在又有多少楼台还矗立在江南的烟雨中?外表的兴盛俊朗,隐藏在他强作笑颜把酒尽兴的背后,却是不欲示人的几许悲凉。

任思绪一遍遍地穿行在江南的街头巷陌,由无数文人温润的泪痕中去感受江南的柔情。从此江南便成了我一个朦胧的梦。虽然生在北方,但赋予我性格更多的应该是南方女子的温婉细腻和清雅灵秀。

曾于戴望舒的雨巷里，撑满一伞紫色的哀愁，在青春的枝头开出紫色的丁香般的梦幻。可品尝了生活中的种种况味之后，那紫色的梦幻随着萧瑟的北风，一起坠落在北方的秋里。很多时候我们从梦里走来，因为有了梦境，生活便多了一份绚丽，但却不可能永远生活在梦里。于是怀了梦里的幻想，让弯弯的眉眼灿烂成春光里的花瓣。

终究以为自己会忘记曾经的向往，却不曾细想生命本就是宿命的轮回。还是在不经意间踩了李清照的东篱黄花，缓缓地在诗词的残篇断章里行走。我以为自己总是张着阳光般的笑脸，身后便会是一季的云淡风轻。

徜徉于温婉的江南情韵当中，感受着江南那细腻而斑斓的心事。江南的雨是缠绵的，江南的小桥流水是湿绿的蜿蜒，细雨飞花的阡陌中一把油纸伞遮住了一天的烟雨，而那待发的兰舟承载了多少文人墨客万古不变的梦想？

空气里氤氲的浪漫，是小桥流水的清音，五月的丁香浸透了肺的清凉。紫罗兰的忧郁溢满了如梦的天光，北方的朔风吹枯了思念，抽离了柔情的缱绻。携一怀满载的愁绪，在我的梦中与江南有了一次心灵的对话。那双溪的艋舟，终会载走我一生的忧愁吗？满腹的心事是你凝眸的诗行，蘸一笔墨香抒写岁月饱留的沧桑。那隔世的呢喃，在字里行间流溢出若水的柔情，停留在那个时代的天空畅怀。

"登临送目，正故国晚秋，天气初肃……"

烟雨洒落的心事穿越一个朝代的盛衰，当轶事多于政敌或毁大于誉的时候，只能选择离开。王安石凝伫的身影还在秋风中无力地回望，那些不被理解的孤独夹杂着太多人生失意的悲凉。原来真的如世人所说，有人的地方就有江湖……千里澄江似练，秋季的风掠过心头望穿一江秋水，心里泛起彻骨的凉。

潜伏在词章里的希望在午夜里低徊，潇潇暮雨中透过眼角的潮湿，终究知道生命中有些理想的高峰，在那样的朝代是不可能到达的。岁月的长河能够将豪情冲尽，也可以把伤痛洗涤。面对世事的无力，只有沉湎在山水之外，颓废于酒楼茶肆，去放纵自己而追逐烟雨楼台里的醉人梦影。

随手翻阅大宋的历史，恍然间让我心醉的江南美画，不思量，自难忘。缱绻流连这一方浅梦，六朝旧事已随流水。那一湖潋滟了满怀心事的秋水，萌动于心底的柔情，冷落的只是泛黄书页里失意的政客。真挚的许诺，遥遥隔世的相约改变了时间和距离，将心灵的相依对接于千里之外。今生我将以怎样的姿态，泅渡沧海红尘，去追寻梦里江南的那一缕云烟呢？

轻柔的灯光里，我阖上一丝沉重将渴望放飞在寂寥幽深的雨巷，收拢了细碎的遐想任时光的流一点一点积蓄起无语的凝望。或许这一生我都会用键盘盛满的心事，来温暖我此生的梦想。原来江南的柔情一样可以疗伤，我透过薄纸的思念，在梦里投入江南的怀抱，让那一方山水来润泽心灵的期盼，让梦想在天涯放飞……

第六卷

细数流年，寂静欢喜

第一章

那些极具风情的旗袍

在我的想象里,有两种穿旗袍的场景是最美的。一种是在天青色的江南烟雨巷陌里,一位美目流转云鬓高盘的曼妙精致女子,裹了一件开满梨花的素色旗袍,迈着优雅的碎小莲步,手里擎着一把油纸伞在湿漉漉的青石小路上踽踽独行。那时,她可以是戴望舒笔下结着幽怨的丁香姑娘,也可以是《春怨》里"寂寞空庭春欲晚,梨花满地不开门"的思春闺妇,还可以是任何一个内心有着美好情怀的踏青女子。那是一首情韵绵绵的生动情诗,是一幅悠远淡泊的水墨画,更是多少文人墨客内心生动而丰富的意象。我想那样的场景,不只是男子,就是所有的女子也会顷刻为之沉醉。她们多么希望,自己就是那美好的化身啊!

而另外一个颇让我动心的场景,便是一个面容精致的新派留洋女子,裹了一件做工考究而被改良具有西方风情精致华丽的丝缎旗袍,斜斜地倚在一张老红木椅子上,一脸落寞而又冷傲地吐着烟圈。彼时灯光是一盏昏黄的马灯,房子则是不知道经过多少光阴打磨过的古居,留声机里传来略带感伤而又有点缠绵的唱腔，空气里散发着的是老上海那慵懒而又靡靡的气息。留着卷发的新潮佳人，与室内的古朴陈设形成一种鲜明的对比。女子像烈焰，而那些苍老的气息却又像海水。它们彼此纠缠着，交织着。仿佛谁也离不开谁而独立存在，又好像顷刻之间那些颓废的败落能够获得新生和释放。

虽然那样的美，有一种让人暮气沉沉的压抑，却又有着人与光阴俱老的石破天惊。她是云端的花，她是山间的雾，她是水中的月。她朦胧深邃，冷漠而又寂寥。她带着淡淡的疏离拒人于千里之外，却又带着极致的诱惑想要让人靠近，她是那样地摄人心魂而让人欲罢不能。

旗袍作为一种颇受中外女性喜爱的传统服饰，它的起源却饱受争议。但不管是由秦汉的袍服演变而来，还是由清朝旗人的旗服改良而至，它都在我国的服饰文化史上有着极其重要的地位，更有着其他服饰无可比拟的曼妙风情。

一款合适的旗袍包裹在任何一个女子的身上，都能让人衍生出许多丰富的想象。仿佛那时的她们穿的不是一件衣服，而是一件精致的被时光打磨过的艺术品。不同的女子，穿上那些风格别具的旗袍，总会带给人不一样的感受和视觉。

一件古典而颜色略带深重的旗袍，穿在有着古朴情怀女子的身上，在一举手一投足之间，便会散发出一股幽兰般的神韵。那个时候旗袍和女子俱是活的，旗袍增添了女子的光彩，而女子则赋予了旗袍的灵动和生命，它们能很自然地融合到一起。你真的分不清是女子在穿旗袍，还是旗袍在驾驭女子。而这样的女子也是最适合穿旗袍的，不同颜色和款式的旗袍穿在她们的身上，都能传递出不一样的风韵。

个性略显活泼而张扬的女子，则更应该选择那些经过改良之后的旗袍。精致的蕾丝花边，若隐若现的镂空设计，甚至是开得低低裸露出锁骨的领口，无不彰显着她们追求自由和时尚的需求。而对于那样的女子，任何一款旗袍都是她们的陪衬，她们万不可能让一件衣服束缚了自己，因此拥有一件旗袍是她们改换一份心情的突发奇想。

其实每个女子都有旗袍情结，只是有的人敢于尝试，而有的人却宁愿在心里无数次地去幻想。她们去幻想自己一旦穿上旗袍是何等的闭月羞花或者曼妙妖娆，你若提议说你试试，她们便会羞红了脸摆摆手说："不行，我驾驭不了！"其实那时候的她们，早已与这件旗袍在心底有过万千次的交锋了，只是她们更愿意与不可逾越做妥协。一件旗袍所传递出来的，远不是一件普通服饰的概念。它是怀旧，是优雅，是一份缠绵，更是一份从内心深处的自我绽放。

喜欢旗袍的女子，都是懂得爱自己的，也是最有生活品位的女子。并不是说一件旗袍就能体现一个女子的生活品位，而是她们懂得如何用一件包裹与绽放并存的服饰来展现自己作为女性独特魅力。因为一件剪裁得体的旗袍，看似把女性的身体包裹得严严实实，然而它却能尽情地展现女性身体那玲珑有致、婀娜多姿的曲线美，于一份包裹的遐想中延伸出更多只可意会而不可言传的想象。因为人的思维总是活跃的，很多时候一份想象远比一份真实的拥有更让人怦然心动。

第六卷
细数流年，寂静欢喜

一想到穿旗袍的女子，我便想到了张爱玲笔下不同的旗袍所折射出来的女性形象和命运。《半生缘》曼桢穿着的是一件浅粉色旗袍；而曼璐则是一件苹果绿软长旗袍，腰际还有一个黑隐隐的手印；《花凋》川嫦的旗袍是极不合身的旧旗袍，不仅宽大长过脚踝而且早已过时；到《倾城之恋》里白流苏脱下来的那件月白蝉翼纱旗袍，每一件旗袍都有那些女子的性格和浸透在光阴里的故事。而这些寓意都被张爱玲用一件件款式各异、颜色各异的旗袍巧妙地体现了现来，不得不说张爱玲也是一个极爱旗袍的女子。因为她的心灵与旗袍是相通的，她更懂得什么样的旗袍赋予与什么样性格和命运的女子，她对旗袍和人心有着深刻而冷静的洞悉。

在那个年代的旧上海旗袍风靡一时，那个年代的故事自然也离不了旗袍的衬托。每一件旗袍都恰到好处地体现了女子的性格和心理，那个时候的旗袍和那个时代女子的血脉是融合在一起的。每一个女子至少都会有一件旗袍，哪怕就是一件过了气的旧旗袍，也一样能让她们鼓起勇气站在自己喜欢的男子面前。那个年代的旗袍是那个时代女子的心情，是她们的身份，更是她们的喜怒哀乐。陆小曼的旗袍便是那个时代女子当中，最具有代表性的。尽管林徽因也会穿旗袍，但却远不如陆小曼的妖娆和风情，林徽因的旗袍里，更多的是一份睿智和知识女性的优雅。

我也喜欢旗袍，特别喜欢的是一件黛绿色的古典鱼尾旗袍和一件黑色的流金暗花旗袍。我穿旗袍，只因为骨子里那份对旗袍原本就有的深深喜爱。并不会因了某一个男子的喜欢而去装扮。春天到了，衣橱里的各色旗袍又可以隆重登场了。取出一件青花旗袍在镜子面前仔细地比画着，一些绿肥红瘦的心情在一曲清丽的《烟花三月下扬州》里悠扬婉转。我知道我这一生都会在向往美好的这条路上与光阴僵持，等到有一天我老了，我还要穿上自己心爱的旗袍。

第二章

秋天里的情景剧

喜欢秋天，总觉得秋天就像一曲由季节导演的情景剧。而秋阳秋雨便是这场情景剧里的上下场，它们在无声之间就很自然地转换了剧场的氛围。

如果说秋雨下的秋天，是一个待字深闺无人问津的怨妇，那么秋阳下的秋天，便是一位带着妩媚情韵满脸含笑的美少妇。她总能在应当成熟的季节里，把自己最美的情韵留给大地，留给下一代。

每当天空高远得与缕缕白云融为一体的时候，秋阳便给秋天披了一层斑斓的外衣。这个时候的秋天就像是刚刚结过婚的新娘子，她们迈着轻快的步伐，在一路的欢歌笑语中兴高采烈地登场了。而这个时候的秋天，无疑是情景剧里的上半场——喜剧。

你看呀！那些在枝头随风摇曳、绿中透红的柿子，一个一个不正是那沾满喜气的新娘吗？灵活的身躯尚未脱去少女特有的灵韵，而故作老成的脸上却又带着几分初为人妇的羞涩，最终却还是绷不住心底的那份紧张，在秋风温情的呢喃细语里一一涨红了脸。有些果实经不住秋风的挑逗，早早地低下头去，只是那张故意含霜的脸上，最终却掩盖不住早就因为羞涩而泛起的一抹红晕。那些果实一旦到了成熟的季节，最终也是经不住秋风的撩拨，娇嗔地与秋风撕扯在一起，忘情地缠绵，成为季节怀抱里最美的新娘了。

还有那些早就笑弯了腰的水稻，它们穿着一身金灿灿的舞衣在夕阳下灵活地扭动着纤细的腰身，仿佛世界上早就没有其他人的存在，只是为了舞蹈而尽情地摇曳着。偶尔在低头弯腰的瞬间无意间撞上秋风深情的窥视，她们却不急不慌地在转身回眸的间隙里，巧妙地把爬满红晕的脸庞轻轻地埋向大地的怀抱，而只把惊鸿一瞥的艳丽留给秋风来慢慢地回味。仿佛就是那个无意中被丈夫窥透心事的女子，只在浅笑回眸里让人心旷神怡。而这个时候，她们的身上便多了那份已为人妇的智慧和优雅，一些从容的淡定在举手投足间得到悦心的欢然。

再看看那些笑得合不拢嘴的石榴，倾尽一世繁华尽情妖娆绽放的菊花，努力煽动着翅膀在花前蹁跹起舞的花蝴蝶，甚至是那些哼着小曲，欢快地在小溪边捣衣的妇人，还有撩起衣襟时一脸满足的为小儿哺乳的年轻母亲。她们无一不在赶着趟儿，在秋阳的照耀下尽情地展示着自己的风采和成熟的韵味，仿佛谁也不肯迟到一步似的。空气里到处都弥漫着感人的温暖，多美啊！我仿佛看到我那年轻的母亲正用温热的乳汁哺育我成长；我又好像看到我的女儿一脸满足地躺在我的怀抱，正用那双充满好奇的眼睛瞪着我发出咯咯的笑声。坐在阳光里任思绪蔓延，而那些记忆的温婉依然在秋阳下流淌，瞬间便铺满了一地细碎的金黄。

不知道什么时候太阳躲进了乌云的怀抱，喜剧的帷幕已悄悄地合上了。

秋风卷着细碎的沙沙声一步一步地朝我们走来，然后我听到雨点溅在玻璃上的声音。玻璃在雨水的嘀嗒和秋风的肆虐下，发出难过的呜咽和悲鸣，我知道悲剧已经开场了。

你看远处那些小树和原野里荒芜萧瑟的秋景，在秋风秋雨的淋漓和拉扯下，不正是一位披头散发久失恩宠而痛哭流涕的妇人的真实写照吗？那些干蔫而布满褶皱的黄叶，是她们早已失去的血色和青春，如同整日沉浸在伤心悲痛中的脸。而在秋风里随风摇摆的早已枯萎的野草，就像是怨妇头上那稀疏的头发，蓬头垢面地铺在浸满泪水的脸颊上。一阵寒风袭来，她们那单薄而干扁的身躯开始瑟瑟发抖，这时候仿佛整个世界里都是荒芜和空洞的，除了泪水，还是泪水。

天气也好像故意和她做对似的，雨，一阵紧似一阵，像怨妇无法发泄的琴音，时而哀怨凄婉，时而缠绵悱恻，总是断断续续地诉说着自己的故事；又像是怨妇永远也流不完的泪，淅淅沥沥地滴个不停。风也好像在嘲笑她一样，有一阵没一阵地刮过她早就失去水分的身躯。她一天一天地麻木起来，一天比一天消瘦下去。直到寒霜榨取了她的最后一线生机，在无限的凄苦中渐渐死去。

那些夏日里整天嘶鸣的虫子，和灵活欢快上蹿下跳的鸟儿，仿佛也销声匿迹了一般，整个秋天也在哀伤冷寂的气氛里拉下了帷幕。一些敏感的生命，在秋天的萧瑟和颓废里凋零。冬天无声地来了，秋天的情景剧便在一咏三叹里缓缓地退出了舞台。

捡拾几片凋零的落叶，我并不会刻意地为生命的凋零而感到难过。因为雪莱说过:"冬天来了,春天便不会远了。"而生活,生命与季节的本身也是一种轮回的转换,在悲喜交替、兴衰交替的过程中,我们的生活才会更饱满,更精彩!

第三章

坐看云起烹茶时

于茶今生有着固执的偏爱,喜欢静静地听着古典轻音乐,再在茶香中微醺,然后去品味一段生活的韵致。

秋已渐渐地深重,缥缈的流云也开始有了沉重的慵懒。午后,阳光透过树叶留下斑驳的阴影,在橱窗的玻璃上折射出一组不规则的图案。午睡起来心情有些恍惚,也不记得有多少时间自己只顾着缠绕在世俗的琐碎当中,而忘了抬头看天。拢拢头发就这样静静地坐着,看白云时聚时散,看太阳一寸寸地移向天边。突然想起白居易的几句诗来:"食罢一觉睡,起来两碗茶。举头看日影,已复西南斜。"想必在这样的时光里,是最适合泡茶的吧!

于是静心烹水,置盏温杯,为自己泡上一瓯香韵的绿茶。让思绪跟着白棉花似的云朵一起,缓缓地在茶香中飘向久远。

至今还清楚地记得,第一次真正见识功夫茶的情景,应该是在十多年前。那时候的功夫茶在西安也算得上是新生事物了。当时只是觉得看着养眼,而真正懂得的人却并不多。于一座古色古香的茶庄里，见一妙灵女子如葱白般的细指在众多的茶具之间来回翻飞。伴着行云流水的古筝，女子如花的容颜在红艳艳的绣花旗袍里绵延出一地的温婉。自那一刻起，我便迷上了这清新雅致的茶艺。

初学之时只是因女子固有的虚荣，也想打造一份属于自己应该有的雅致。就算是手上烫起了数个亮晶晶的水泡，也从未想过放弃。那时做作地学着茶艺师夸张的动作，手指在众多品杯之间花哨地穿行着；然后再学着曾见过的那些妖娆的女子，在茶香中巧笑嫣然。在那些青春葱茏的年月，我以为自己是美的。是啊，在那样的年月，我还能追求什么呢？十六七岁的年龄，任自己在明媚的青春里张扬，那便是写给青春最美的赞歌吧！

一路慢慢地走来，在茶香中我慢慢地学会了一点一点的淡定。还记得大概是十年前吧，自己接手筹建了第一家茶楼，虽然不是自己的店，却整天精神抖擞地为茶楼里的一切细心谋划着，内心一直充满着细细的喜悦。第一次在布置好的新店里泡茶，手指都在微微发抖。置身于古香优雅的茶楼当中，坐在临街的茶坐上，透过宽大明亮的玻璃窗可以看到大雁塔的半截身影，恍惚就像在梦中。店里的宣传彩页，是我自己改写的一首唐代的茶诗："遥望雁塔白云间，坐饮香茶爱此店，一杯彻解心中闷，烟消云散笑开颜。"

一家一家的茶店开下来，从来也没有细细地想过，更没有刻意地去思考过今生会做什么，自己会成为什么样子的。仿佛一切的世事在冥冥之中自有安排。自己的茶店开业，朋友送书法庆贺。本来问我要写什么的，可我告诉朋友自己安排吧！直到朋友的墨宝送到，一幅草书的斗方。上面的诗却是我那年改编彩页的原型，唐代灵一的《与元居士青山潭饮茶》，有些缘分不由得你不信。

　　看着朋友的墨宝，拨通朋友的电话，告诉他这一切的机缘巧合，我和朋友在电话里早已笑开了一地的灿烂。

　　如今，经过十多年岁月的打磨，泡茶于我已不再需要一些刻意的花哨。经过风雨的洗礼，少了一些青春的躁动，多了一份从容的淡定。我终于知道淡雅才是最适合自己的底色。于琐碎中缠绕久了，试着静静地坐下，脸上带了淡雅的微笑，于一份淡泊的沉静中去体味着茶的苦涩香甜。任生活的苦辣酸甜，一点一滴地在茶香茶韵中舒展开来。人说人生如茶，只是每个人要怎样才能泡好自己生活里的这杯茶，这是需要我们长久而深刻地去思考的一个命题。或许每个人的心中，都有自己的最佳答案吧！

　　于是在这深秋流云漂浮的午后，我为自己泡了一杯上好的香茶，静静地在时光的流里带着淡雅的微笑去看云卷云舒。坐在时光的流里，静静地思考着自己今后应该如何去泡好生活这杯茶呢。聪明的你，能告诉我吗？

　　空气中氤氲着香甜的桂香，有绵绵的白云正在斜阳下飘过。这个季节的午后，我把自己浸泡在茶香茶韵的流光秋色里，任生活的这杯茶一点一点地在时光里去沉静润泽。

第四章

烟雨湿阑干，杏花惊蛰寒

惊蛰到了，仿佛只是一声响雷的轰鸣，大自然的万物便悄无声息地开始复苏了。前几日还是褐冷寂静的枝头，在一场春雨的润泽下，只是一个转身的间隙便有了一团暖人的春意。那些沉睡了一冬的花花草草，更是谁也不甘落后于谁，它们赶着趟儿，争先恐后地对这新奇而又陌生的世界露出了迷人的笑脸。

小草摇着纤弱的身子，怯生生地挤出了地面，此刻的它们俨然还是一副没睡醒的样子。一些呈青的柳色在遥看的淡绿里呈现出一片青烟似的凄迷。就连那沉默不语的杏树，此刻也在春风的剪裁下换上了羞煞蕊珠宫女的靓装。一朵朵抹着胭脂的杏花仿佛是一个个花枝招展的女子，尽情地在春光里绽开了迷人的笑脸。

而那些潜伏了一冬的虫子，也好像受到雷声的惊吓一样，瞬间从睡意蒙眬的混沌中醒来，开始频繁而忙碌地活动了。小河沸腾了，小鸟欢跳了，就连冬天包裹在灰褐色衣服下笨拙迟钝的人们，也在惊蛰之后换上轻薄的衣物和轻松欢快的表情。

尽管气温偶尔还有着乍暖还寒的反复，但雨催惊蛰万物生却是无可争议的事实，惊蛰作为二十四节气之一，远在秦汉时期就已被祖先们所使用。尽管现在流传下来有关惊蛰的习俗已被人们逐渐淡化，但祖先的智慧总是无穷的，一些古老的传承里更是蕴含了博大精深的人生哲学精髓。其实惊蛰这一词除了作为节气存在外，还包括了更为宽广和深远的人生意义。蛰，伏也；惊，惊天而起，顺势而为。伏于寂静黑暗之境，默默吸收天地日月之精华，从而积蓄所有的力量，集齐所有的天时、地利、人和，顺应时事一惊而起，然后才有扶摇直上九万里的大展宏图。

在古人的诗句中，有不少的名言佳句都表达了这种蛰伏的思想，例如，"宝剑锋从磨砺出，梅花香自苦寒来""少壮不努力，老大徒伤悲"等，而"磨砺""苦寒""努力"其实就是人生蛰伏着积蓄能量的一个过程。如果生活里没了磨砺，没了苦寒的考验和煎熬，又失去了努力的过程，那只能是碌碌而平庸的惶惶度日。

细细想来，人这一生又要经过多少蛰伏的过程？从呱呱坠地到长大成人，我们需要蛰伏；从不知到知之，我们也需要蛰伏；从知之走向成功，我们更需要蛰伏。在这个漫长的过程里我们不断地去学习新的知识，学习生存的技能，学习接人待物的技巧，积累各种可供借鉴的经验，然后还要在天时、地利、人和一切时机都恰当的情况下，才能一鸣惊人地走向成功。

春愁一段来无影，休言转头事事空。人生看似漫长，其实也只是一个转瞬即逝的过程，很多时间总在我们不经意地蹉跎里流逝，等到我们走到生命的终点时再回神凝眸，发现自己不过是在尘世白走了一遭，再心生悔恨时已晚矣。人说三十而立，其实三十而立远不是我们表面所理解的成家立业那么简单。我们不仅要立家、立业，还要立志。人生到了三十以后，少年时期知识的积累已经初步完成，这个时候我们就要着重考虑以后人生的发展方向了。先确立自己的人生目标，然后努力地集聚一切条件向这个目标靠拢，这才是三十而立的真正含义。那么在这个立的过程中，同样也是一个蛰伏的过程。

很多人都看到过苍翠摇曳的竹海和挺拔高大的竹子，但是却很少有人关注竹子的成长历程。其实一棵竹笋在破土而出之前，需要默默地在地下埋葬四年才能长高3厘米。而这四年的时间，就是竹子蛰伏的过程。它努力地扎根于大地，一寸寸扎实的把根扎牢扎深，有的甚至在地下延绵几十米。所以到竹笋破土而出之后，才能以每天30厘米的速度疯长，只需要短短几个月，就能长到十几米高。试想，没有竹笋那四年里的默默扎根和蛰伏的过程，又哪来的参天的竹子呢？很多时候，我们总羡慕别人的冲天一飞，而从来不会关注别人在飞越之前所做的努力和铺垫。其实没有任何人能够平步而起，每一个人光鲜和辉煌的背后，都有着不为我们所知的努力和蛰伏的过程。所以当看到别人成功时无需羡慕，只要愿意静下心来，为了自己的目标去蛰伏，那么做出成绩是早晚的事情，别人光彩夺目的今天就是我们的明天。古语说："临渊羡鱼，不如退而结网。"如果仅仅是拿眼睛看着，鱼永远在深渊里，只有自己织了网才能捕到鱼。

烟雨湿阑干，杏花惊蛰寒。一场早春的烟雨，淋漓着惊蛰都有了几分清冷的诗意。在这个春天里,我也是一个被惊蛰的雷声惊醒了的生命,默默地对着灿烂的杏花许下自己心灵的愿望:愿自己努力而不改初衷,坚定不移地实现蛰伏后的天阔水长!

第五章

秋日私语

绿叶在夏浪里打了个滚之后，摇身一变以一抹成熟的亮黄璀璨登场了。天空一寸寸高远起来，影子便一日长似一日。田野里的庄稼在艳阳的炙烤下逐渐变粗了腰身，一些饱满的幸福在春光乍泄中一览无余。

我听见秋天跨过季节的门槛，无声地徜徉在凉爽的风里。而那些散落在秋风里的精灵，便跟在秋的后面一路小跑，并不忘交头接耳地窃窃私语。这样的情节使我想到了那些活泼可爱的幼童稚子，想象着那些聪慧好动的小家伙，心灵便轻柔地能盛下一汪清泉。我突然觉得这时的自己，也跟着年轻起来了。擦了擦被浮尘浸染得有些干涩的眼睛，抿一口沁人心脾的香茗，悄然跟了秋风的脚步，去聆听一场来自大自然的心语。

风儿猫着腰，低低地穿过一片橙黄的田野，空气里到处弥漫的都是丰收的味道。金灿灿的稻子像等待检阅的卫兵，排列整齐地朝我们点头微笑；而性子稍微急躁的玉米，一把摘掉了棕褐色的假胡子，欣喜地露出了金黄色的牙齿，在惬意的秋风里肆意地舒展着臃肿的身子。它们仿佛在说："能够自由呼吸新鲜空气的感觉，多好啊！

顽皮的风儿轻轻地掀起一片金黄的衣衫，抬眼看去竟然是一片密密麻麻的豆荚。那些橙亮油黄的叶子起伏有致地在招摇的风里轻轻起舞，远远望去就像一幅色彩亮丽的油画。而那些忙着收割的农民，便是这幅画里最生动的主角。也有一些耐不住黑暗和潮湿束缚的豆角，啪的一声便在飞舞的阳光里炸开了，瞬间就滚落了一地的金黄。它们再迅速地就地打一个滚儿，敏捷而又羞涩地躲在小石头的背后。那皱皱巴巴的身子多像刚刚出生的婴儿啊，于胆怯的张望里却又带着新生的好奇。它们颤抖着被黑暗和潮湿包裹的身体，像一个久经饥饿的孩子，贪婪地嗅着母亲身后泥土的芬芳，无声地依恋着母亲的关爱和温暖。柔柔的阳光轻轻地照在豆子的身上，不久它们便安静地进入了甜美的梦乡，发出幸福而又满足的呓语。只有豆荚那摇曳的身影，还在秋风里唱着深情的催眠曲……

风儿一路奔跑，跳跃着飞上林梢，一片红于二月花的枫叶早已燃烧成一团熊熊的火焰，仿佛整个秋天都要被它点燃似的。只是这样的燃烧在这冷清的秋日里，却又带着悲绝的凄凉。此时的枫叶，多像一个奉命远嫁他乡的女子啊！你听，那沙沙的声响，不正是枫叶依依不舍地在枫树的耳边话别吗？那些沙哑悲凉的呜咽，多像一首哀婉而又缠绵的歌谣！无论枫叶怎么挣扎，最终却无力抵挡早就预知的宿命，只得依依不舍地离开相依相恋的枫树，在肆虐的晚风里跌跌撞撞地飘向大地的怀抱。那迎风飞舞的红裙，霎时就染红了半天的霞光，空气里到处都弥漫着她那悲壮的决绝，我好像还听到了她那高亢而又豪迈的呐喊：让风霜来得更猛烈一些吧！我要在最灿烂的年华里，让枫树看到我最灿烂的容颜,才不枉此生!

秋雨无声地哭了,泪水瞬间淋湿了整个天空。枫树在凌厉的秋风里,一下一下地撕扯着自己的头发,它在悔恨自己的懦弱和无能吗?一片心形的枫叶在空中轻轻地划过一道优美的弧线,无声地跌落在大地的脚下。我看见每一枚心形的印证里,都包藏着一滴温热晶莹的泪水。只是她们最终选择把笑脸留给了枫树,留给了无数看风景的人……

多想轻轻扯住秋风的脚步啊,无奈秋风拥有自己的步伐。你看,此时秋风正在薄暮的黄昏里和一缕炊烟跳起了优美的舞蹈。而那些窸窸窣窣此起彼伏的蛐蛐叫声,便是配合它们的伴奏。秋天是成熟的季节,然而秋天也是伤感和令人怀念的季节。比如说一场秋雨无声勾起的淋漓往事,再比如说一个远离家门的游子对家乡的怀念,还有那些我们无力留住的美好,许多不可避免的悲凉和萧瑟,诸如此类的种种。既然这些我们都无力左右,何不坐在一场秋风里,去聆听一场来自大自然的心语呢?

一缕凉风轻轻地撩起窗帘,此时窗外月色弥漫,夜早已蒙上一层安谧的水色。只有一些喜欢歌唱的蛐蛐还在乐此不疲地练着嗓子,熟睡的人们轻轻地翻转身子,在朦胧的月色里发出幸福的呓语。我知道此时秋夜的梦呓才刚刚拉开序幕,一些不为感知的声响还在这静谧的夜色里无声地蔓延……

第六章

那些不能遗忘的蒲公英

遗忘,就意味着背叛吗?当无数个曾经遗忘的日子被一些简单的画面轻巧地勾起时,无数个今日会不会是昨日的重现呢?

悠然地漫步在林间小道上,闻着芳香的泥土气息,面前有女儿欣然跳跃的身影,整颗心仿佛也跟着轻松起来了。一些发霉的情愫迅速地被隐藏起来。我看到空气里漂浮的微尘,在阳光投射到树林的光线中跳舞,而枝叶上那些苍翠得能滴出水的嫩绿,纯净得仿佛是盛开的梦幻,和着蓝天白云一点一点地在空气里散开。

在这样的风景里陶醉,一些诗意的情感像一条蜿蜒流过的小溪,在心底发出悦耳而清澈的回响。走过一片葱幽的草地,四岁的女儿突然指着一团毛茸茸的植物对我喊着:"妈妈,快看!那是什么呀?好漂亮啊!"

顺着女儿手指的方向抬眼望去,只见正前方的小山坡上,三三两两的白色绒球正像一个个顽皮的孩子,透过一些茂盛的野草缝隙探头探脑地把我们张望。看到这样的场景,我的心底不由得升腾起一阵阵窃喜。啊!蒲公英,那是我童年乡间最亲切的玩伴啊！还有一些刚刚盛开的蒲公英花，举着一张张金灿灿的笑脸仿佛正在向我们微笑招手。我不由得拉紧了女儿的小手，快步朝那些蒲公英走去。

早已不在意地上干净与否，捡了一块蒲公英密集的地方席地而坐。空气里飘散的仿佛还是童年时那些浓浓的乡情与快乐的记忆。那无数个与飘浮的蒲公英追逐嬉戏的日子，那无数个洒满欢乐回味的时光，一点一滴地在眼前浮现……

女儿好奇地折断了一朵白色的绒球在手里把玩，不经意间那些雪白的伞花便在抖动中散落了。一阵微风过来，那一朵一朵的蒲公英慢慢地张开，多像是一朵朵摇曳的伞啊！它们仿佛披着白色的羽衣与梦幻的自由随着风的方向开始满天飞舞。女儿惊奇地喊着："妈妈，看呀，它飞了，飞了！蒲公英离开它们的妈妈飞起来了！"

女儿稚嫩的童语不由得让我一怔，是啊！母亲和子女，不正像眼前的蒲公英吗？不记得时间过去了多少年，我们由当初那个纤弱稚嫩的儿童已变成今天的人父人母。在无形的生活面前我们就像蒲公英一样，在生存的风力作用下慢慢地离开了母亲，开始了自己的漂泊和流浪，去寻找自己生命的价值。我曾经也像那跌跌撞撞的蒲公英，飘浮到哪里便在哪里生存下来。而到如今我已经是一株中年的蒲公英了，而我的孩子也在我的保护下茁壮地成长着。直到他们成熟长大，有一天他们的翅膀硬朗了，我相信他们也会随着风一起飞翔，去寻找属于自己的生活和落脚点。这，不正是蒲公英精神的延续吗？

低头俯视，蒲公英茎上那稠稠的白色汁液早就结成了一个圆润的点滴，而飘落了花絮的蒲公英柄上只剩下一个青褐色的秃顶，显得是那样的丑陋。我忧伤地告诉女儿："看你刚才折断了蒲公英，放飞了蒲公英妈妈的孩子，蒲公英妈妈流泪了。"女儿眨眨她那双清澈的大眼睛，似懂非懂也有点难过地说："妈妈，那我以后不折了！"搂着女儿，轻轻地摸着女儿的头悄悄地问她："如果有一天你长大了，妈妈也变得像这光秃秃的蒲公英一样丑陋，你还爱妈妈吗？"女儿奶声奶气地说："妈妈，你多老多丑，也是我妈妈啊，我一样的爱你！"我的眼睛不禁湿润了，这就是人性，母女连心的天性袒露无遗。母亲跟蒲公英一样，一次次用她们的乳汁哺育着自己的子女。而一旦子女有了新的归宿，母亲也便完成了自己的使命，在时光的流逝中一天天老去。大自然这神奇的蒲公英，也跟人类一样，就这样在自然的更替里代代相传！

走进春天的菜市，那些琳琅满目的野菜是我的最爱。虽然在城市里生活了很多年，但总想在那些清新的记忆里去寻找属于家乡的味道。可唯独蒲公英我从来不买，因为那些像母亲一样有灵性的生命，我怎么忍心让它们在我的咀嚼里疼痛呢？不记得是谁说过：每个母亲都有哺育孩子的权力，可它们还没来及生儿育女便被我们残忍地摆到了饭桌上，这是一种何等的悲凉啊？

我终究不能遗忘的是那些像母亲一样伟大的蒲公英，平凡，也朴实。忘不了故乡的点滴和母亲牵挂的眼神，因为我知道有些人和事遗忘就意味着背叛。透过时光的长廊，我依稀看到了母亲正站在山村的路口，用她那慈爱的目光眺望着悠长的期待……

第七章

在时光里敲击的幸福

幸福是一个让人充满憧憬和想象的词，很多时候我们穷极一生的努力，仅仅是只为了找到自己想要的幸福。幸福没有固定的形态，所以自然很难给幸福一个统一的标准。而针对不同的个体对幸福理解的不同，幸福便如同千手观音一样，有着千变万化的表现形式。

你深爱的男子正好爱着你，这是幸福；母亲在千里之外捎来家乡的美食，这也是幸福；看着自己幼小的孩子天真懵懂的表情，这亦是幸福。升职加薪了是幸福；生病康复了是幸福；下雨天有一把伞是幸福；在口渴的时候能够喝上一杯酸甜可口的酸梅汤更是幸福的。那么幸福到底是什么呢？

在表面看来真正的幸福就是你所缺失的那部分刚好能够及时得到弥补，你就会由衷地感觉到幸福。毕淑敏有一本专集的名字就叫《幸福的七种颜色》，其实她真正要传递给我们的，并不是幸福只有七种颜色，七只是一个泛指。只要你有一颗善于感知的心，幸福可以是很多很多的颜色。

幸福到底是什么颜色的呢？幸福是金色的阳光般的希望？幸福是绿色的

茁壮地成长？幸福是蓝色的浓浓地思念？幸福是紫色的高贵地畅想……其实每一种颜色都能代表着幸福，但是每一种颜色代表的只是一种个体的感觉，它在别人的眼中又会显得单一而缺失。常常很多时候，我们都会抱怨生活，觉得自己过得不幸福。因为我们的眼睛总是看着别人华丽的外袍，被那些眩晕的光环迷了眼。一代才女张爱玲女士就曾说过，人人的生活都是爬满虱子的袍，只可惜这句话也不是人人能够懂得的。换个角度去想，如若把别人那五彩缤纷的华服披到你的身上，真的就会幸福吗？

每个人都有自己要走的路，因为成长的环境和经历不同，适合我们的道路也不尽相同，所以没必要总在别人的阴影中去模仿和攀比。幸福就是做着适合而恰恰又是自己喜欢的事情。比如说你让一个出色的厨师去当演员，即使天天活在镁光灯底下他也不会觉得幸福，更会有一种无所适从的惶恐。就像母亲一辈子生活在乡下，而我觉得享受城里便捷的生活就是幸福。当母亲在我的执意坚持之下来到城里以后，她却每天萎靡得就像被霜打了似的，最后万般无奈只得再送她回到乡下。而生活在乡下的母亲，每天能够闻到泥土的芬芳，快乐得像个孩子。无疑在母亲的眼里，生活在熟悉的乡下远比城里要幸福。

我们之所以常常会抱怨生活，觉得自己不幸福，是因为人的欲望总是太多。当我们抱怨自己没有一双华丽的舞鞋时，殊不知在现实生活中一些人连脚都没有，可他们依然会灿烂而热烈地活着。张海迪、史铁生不都是在深刻的苦难面前，在努力地让自己的人生开出耀眼而热烈的生命之花吗？可曾有谁听他们说过自己不幸福呢？他们的幸福是一种经历了磨难之后对生命的重新认知和绽放。对于那些没有磨难经历的人来说，本身就是一件很幸福的事情，我们还有什么理由整天萎靡不振呢？

有些人说失恋是一件不幸的事情，还有人说没人理解也是不幸的所在。可你有没有发现，在经历了失恋之后，我们都会成长从而变得成熟。秋天之所以美丽，跟它的成熟有着必然的联系。而在寂寞不被人理解的时候，恰恰是我们成长最快的时候，这个时候我们可以静下心来思考，从而让自己以一种全新的面貌和姿态投入到更美好的生活当中去，这难道不也是一种幸福的表现形式吗？

其实幸福很简单，就是一种感知生活的能力。一花一世界，一鸟一天堂。鸟在天上飞，鱼在水里游。我们只要在自己的世界里，活出自己的风采，那便是幸福的。更无需整日这山望着那山高的去攀比，其实到了那山，还是这山高。最幸福的心态，莫过于给自己定立一个目标，然后每日努力地去超越过去的自己，只要每一个今天都比昨天更好一点，我们就会感觉到无比的幸福。

幸福就像朝拜，只要在心里坚定自己的目标和信念，就一定可以寻找到自己的幸福。我们每日所需求的不过是一日三餐，别把生活过成一种沉重的负担，用心去感觉生活里每一点动人的光芒，那个时候你会发现花有花的美丽，鱼有鱼的快乐！大自然的一切都会生机盎然而活色生香地美好着。我们看不见风景，并不是因为没有风景，而是因为我们没有用心去感受风景的存在。

撩开窗帘，远处的夜色已是一片万家灯火的辉煌，一轮皎洁的月亮明晃晃地挂在天空，无数星星正调皮地眨着眼睛，空气里有淡淡的花香飘了过来。在这春暖花开的花好明月夜，当我在键盘上把一些对幸福的感受一一敲击下时，内心便洋溢着满满的幸福。

第八章

端坐在秋天的门槛

端坐在秋天的门槛,一些散落的思绪像秋天给人的感觉一样:空旷、深沉又悠远。对,就是悠远!悠远是一个很招人喜欢的词汇。如果说在生活面前,我们都是一枚咧开嘴巴微笑的果子,那么在溢满成熟的芬芳里,很多思绪是不是也可以在金黄的底色上遥望成诗?

抬头看天,那些轻软的白云似乎被飒爽的秋风轻轻地扯住了脚步。天空那么高那么蓝,一朵朵像棉花糖一样的白云,就那样清冽地在头顶炸开。恍惚得像梦一样的情节,然而我却真实地坐在秋风里。几点细碎的阳光透过树叶的缝隙,一层层地筛下来,再筛下来!那些渺小的浮尘便在筛落的风景里翩然起舞!蝉声停止了躁动,岁月仿佛也跟着静了下来,记忆的闸门被无声地打开……

此刻我想到了家乡,想到了母亲。母亲,这是多么亲切而又温暖的称呼啊!单只是这一声亲切的称呼就衍生出许多诗意的想象。母亲的笑是温柔的白月光,母亲的声音是摇篮曲里轻柔的唱响,母亲的手是春风般地轻扬。母亲是魔术师，母亲是小护士，母亲是太阳，是天使……

遥看秋色已成伤，枫叶浓成愁。此时的家乡，满山遍野已是层林尽染的斑斓；而母亲的两鬓却被无情的岁月，摇曳成银色的绝响，让人凝噎成伤。很多颤抖的酸楚，或许只有经历过事实的浸泡，才能更懂其中的苦涩。

不记得何时，母亲已由那个周身滋润的水乡女子变成今天的沧桑笨拙。翻看那些黑白的底片：那个拧着麻花辫，手握书卷的水灵黑裙女子，还在泛黄的底片上巧笑嫣然。是什么扼杀了她眼底那抹出尘的灵韵？是什么苍老了她那婀娜的身姿？

一些想象缥缈无声地与时光对接，我在记忆的大海里仔细地搜寻着有关母亲过往的点滴，恍惚中那些熟悉的场景一一在眼前重现……我看见袅袅的炊烟在无数个黄昏把空气熏染成浓郁的饭菜幽香；我看到那些灯火摇曳的夜晚，母亲在煤油灯下飞针走线时略显疲惫的笑容；还有那扑哧扑哧的纳鞋底声……以至多年以后，那都是我童年梦里不曾缺少的歌谣。它就那样一直在我的梦中摇啊摇！在不知不觉中摇走了岁月，摇白了母亲那一头浓密的长发。

年少时不曾懂得母亲的操劳，总为母亲有做不完的活计冷落自己而心生埋怨，那个时候母亲只是酸涩地笑笑。我不曾懂得，母亲眼眸里一闪而过的那颗晶莹的份量和痛楚。以至于多年以后，那样熟悉的场景总会反复地在梦中呈现。时值今日，那些摇曳的梦境竟然分外地清晰，我一遍遍在辗转反侧的难眠里去细细回味……当我们枕在香甜的梦乡幸福地呓语时，时光却无声地加速了母亲的苍老。时间就是最无情的刽子手：它先是无声地皴裂着母亲的双手，接着便一下一下地刮花了母亲的脸，直至今日，那把苍凉的刀已刮白了母亲的双鬓……

　　一缕凉风无声地挤进了门缝。推窗远眺，一些橙红的柿子早就挂满了低垂的枝桠，很多成熟的果实都在摇晃的树影中深情地窥视着这色彩斑斓的世界。在那些羞涩的探首里，我仿佛看到调皮可爱的小丫从门缝里伸进来一个脑袋。这样的画面，让人极容易感到幸福，这样的幸福让我有一种想哭的冲动。我多想抱着母亲，痛快地大哭一场！那些弯曲而皲裂的身躯，是成熟必须要付出的代价吗？

　　玉米在太阳的暴晒下一天一天地成熟起来了；而母亲却在太阳的暴晒下一天一天地干蔫苍老。我们姊妹就是母亲散落在风中的草籽，几经阳光风雨地沐浴，在人生的田野上疯长。也许有一天，我们也像母亲一样在时光无声地打磨里老去！这是多么让人忧伤的情景啊！我们渴望成熟，但我们却无力拒绝苍老，就像秋天无力拒绝冬天的到来一样！生命就是一季丰盈的水草，很多蓬盛和凋零都自然的馈赠，人生总是有很多无法接受的无奈，可我们只能选择在流泪的微笑里马不停蹄。

　　端坐在秋天的门槛，有大朵大朵的流云在眼前飘过。收起那些忧伤的惆怅，我把自己想象成母亲的样子。面对身边精灵古怪的小丫，我想到了母亲的幸福。那个在灯下费力织补的母亲，不也在一些满怀期许的幸福里微笑吗？或许这就是生命，总在无数的重复和期许里生生不息。

第九章

正是一年春好处

清晨,我是在一些断断续续清脆而细微的滴滴声中醒来的。由于北方气候干燥,加湿器便整夜地开着,以至于玻璃上结了一层密密麻麻的水蒸气。房间内的湿气过重,靠在飘窗上那宽大的美人蕉叶片上不时便承接了由玻璃上滚落下来的水珠子,滴答的一声流进了在窗台上种着睡莲的假山盆景里,发出细碎而清脆的声响。于这样安静的清晨,一个人静谧地聆听着来自自然的细语,心情顿时显得安静而温暖。

虽然已到中年,尽管经历了三十多载光阴的浸泡,尽管我曾在血水里蹚蹚泪水里滚滚,但我还是那个容易感动而并没有失去知觉的女子,总是很容易沉浸在一些细小的喜悦里。不记得在哪一部小说里看到这样一段话:生命本就是一场修行,修炼的过程和悟性不同才有了浮世众生的不同。得道的成了仙,心有所惑的便成了魔,还有一些失道的成了妖,只有那些心生坚定的人才会不为世间的万象所惑而保持自己的一颗初心。感谢岁月善待于我,我只是一个愚钝的女子,所以才能躲过尘世里太多的千疮百孔。我宁愿相信每一个人的初衷都是好的，这世界每个人都有自己的无奈，始终让我舍不得的便是自己的一颗初心。比如说此时这一滴滴微弱而细碎的水滴声，就让我觉得时光像被水浸泡过了一样的曼妙，心底微微漾起了感恩而幸福的涟漪。

记得那次汶川大地震时一个受访者说过这样一段话："无论失去了什么，睁开眼睛看着自己还活着的一刹那，我们就需要感恩我们还活着，生活就是美好的。"如此这般，我还活着，而且是还有知觉、有感悟地活着，因此我没有理由去抱怨生活或者感怀命运的不公正。

再过一天便是春节了，凝视着玻璃上早就贴好的红彤彤的新春报喜剪纸窗花，内心洋溢着一团喜气。前一日那剪纸还是扁平略显褶皱的样子，只因受了水气的晕染，一夜的工夫便愈发得生动丰盈起来！上面的鸟儿和梅花也因为有了湿气的沾染而立体得栩栩如生。在一些应景的布置和想象里，空气里仿佛也沾满了莫名的喜悦。因为临近春节了，人们的脸上都挂了一层温暖而喜悦的光芒。春节是我们祖先流传下来的一个古老习俗，每年到了春节，全国人民都会在一场盛大的期待里举国同庆，因此每一个人的喜也是大家的喜。原来人的情绪真的可以传染，只为一个约定的俗成，每个人的眉梢上便挂了一团喜悦。一声过年回家虽然来自五湖四海，但是却带着来自远方那个叫家的地方的相同期许和盼望。回家，过年回家真好！不管你身在何处，在人生的舞台上取得了多大的成就和成功，过年回家都是最动人的情怀。

深深地吸一口空气，一股淡淡的甜香扑鼻而来，难道是墨兰开花了？不由得把视线投掷到墙角的企剑白墨上，恍惚只是一夜的光景，昨日还是花骨朵儿，今天便张开了微闭的唇。白色里夹了一点嫩嫩的绿和淡淡的黄，于清冽里又带了娇弱的柔软，仿佛就是那豆蔻年华的少女，皓齿明眸中透着淡淡的羞涩，让人莫名地就心生欢喜。也许是中央空调长期护暖的结果，就连几日前还是低垂着花苞的蝴蝶兰，也只是几日室内的恒温，便开出一片盎然的生机。心情一片愉悦，于是迅速地穿衣起床收拾。

当我满怀喜悦地推开窗户时，阳光已是一片夺目的灿烂。惬意地把手伸向窗外，果真立了春之后便能闻到春的讯息了，就连此时的阳光比前几日里无端地都暖了许多。在这样娴静如水的时光里，总要做点什么吧？看一本书或者品一杯曼妙的香茗似乎都是不错的选择，然而此刻我却什么也不想做。于是攀过窗台前的仿和田玉栏杆，蜷着腿慵懒地坐在了飘窗上。看着玻璃上摇摇欲坠的水珠子，不由得想起了女儿现在常常爱画的笑脸，便也孩子气地用手指在玻璃上画了一个微笑的脸孔，再百无聊赖地用手指一圈圈地画着圆，直到那个笑脸完全消失。

再有一日便是大年除夕了，又是一个举家团圆的日子。虽然我的人生因为母亲的一场重病和父亲的早早离世，而缺少了应有的圆满，但这只是我自己世界里的兵荒马乱，与他人无关。透过十九楼的窗户，看着那些有说有笑行色匆匆的人们，或许在生活面前我们都是咧着嘴巴微笑的果子，而那些生活里的缺憾总会被人们用坚强掩盖在真象的背后。一些天真活泼的孩童，带着懵懂的表情在院子里追逐嬉戏着，看着这样的嫣然我不由得笑了！这些生机勃勃的可爱的孩子们，不正是人生的春天吗？尽管我们会老去，可是生命总是一茬接一茬地盈满希望。我微笑地望着那些孩子们，觉得我突然也变得年轻起来了。

小区里的树上早已挂满了喜气洋洋的红灯笼，院子里时不时传来孩子们的鞭炮声，这样满室的绿肥红瘦正应了春节花团锦簇的景。尽管春天的脚步还在靠近，窗外的枝头上还是一片春寒料峭的凄冷，可我知道有一团水色已经在我的心底晕开。心中有春色，何时都是春，这一片春色是我心底生机盎然的花红柳绿。它是希望，是期许，是爱，更是我心底想要生命出彩而旁逸斜出的一枝红杏。

此时一些曼妙的情思正在我的世界穿云破雾，尽管春天才刚刚在柳梢上探头探脑，可我许于自己的满园春色，正是一片花好月圆的春光明媚！

第十章

眉间心上，浮世清欢

光阴寂寥，浮世薄凉，人间有味是清欢。能在喧嚣的红尘里活出浅淡的清欢，是一种境界，而且是大境界。雪小婵说，在薄情的世界里，深情地活着。这便是一种对生活的清欢态度，她的深情是与万物有情。在自己的世界里人与光阴俱老，便少了针锋相对的斤斤计较。看花花便开得热烈欢喜，看水水便透着纯净清澈，就连鸡毛蒜皮的琐碎生活，都能活出诗意的欢喜。这样的女子，眉目间自然有了悲悯的禅意，一种清高于心却又低眉见喜的风韵成了她的骨。

眉间心上，烟火凌乱，寂静浅喜最是悠然。当我们走过了尘世的千山万水，一些逼仄的尖锐总会被光阴磨平。生活原本不需要太多的装饰，而彼时那颗悸动的少年心总喜欢在一些花红柳绿里穿街过巷。当有一天我们终于明白，生活之所需不过是饿了时的一日三餐，冷了时的一床棉被时，心便会从缥缈的云端落到细碎的生活里来。这时再看生活里的所有事物，竟然万分的亲切。山含情，水含笑，快乐袅袅，喜上眉梢。这时我们的世界就是一个美丽的万花筒，总有一些懂得和悲悯，需要拿时光和磨砺来供养。

清欢是山重水复无路可行之后的柳暗花明，总能让我们在无边的苦旅里找到黎明的曙光，希望的火花会在绝处逢生的无助里被重新点燃。清欢是众里寻她千百度，蓦然回首，伊人却在灯火阑珊处的凝神对望，那一眼仿佛整个世界都失了颜色，只有对方的身影在自己的瞳孔里无声地放大。清欢是行至水穷处，还可以坐看云起时的豁达和悠远。

清欢如莲，且是一朵晶莹剔透的白莲，总是静默无声地散发着自己幽独的暗香。那日于秋雨靡靡的池塘边，偶遇一朵寂静盛开的睡莲，独自妖娆于一团幽碧的水色当中。彼时万籁俱静，人踪难觅，唯有细雨打叶偶尔发出一缕缕细微的沙沙声。而那一朵白莲就那样浮在水中央，清寂得如同一个遗世独立的温婉女子，既秉承了水的无色无形，又氤氲着莲的暗香和寂静，一眼过去内心便有了莫名的浅喜。那是一种物我两忘的触动，仿佛就是那不知从何处飘过来的古琴曲，于无形中轻轻拨动了你的心弦，一些淡淡而暖暖的情愫在心底一点点沁出，瞬间连眼神都会变得清澈而透明。

清欢如梅，总能叫人在疏影横斜的曼妙里感受到怡人的心动。那日傍晚在料峭的春寒里，于一条小溪边无意邂逅一树猎猎冷香的白梅。看着那一朵朵俏丽如雪的素颜，就那样傲然挺立在寒风频袭的枝头，月亮一点点穿过梅的枝条爬了上来，彼时月光与素洁缠绕，月光与曼妙的冷香共眠。你微微地仰起头，轻轻地闭了眼，仿佛那梅香和月色就在你的睫毛上颤抖跳舞。那是一种美到石破天惊的画面，心底刹那间溢满了淡淡的欢喜。

清欢是青花瓷瓶里雪白的栀子，是一份花和瓷器交相呼应的唯美和淡雅；清欢是骨瓷茶碗里那一抹幽绿的嫩芽，在沸水的冲击下翻滚着韵香的绿波；清欢是冷褐枝头上的红杏一点，俏皮得迷了赏花人的眼；清欢是崇山峻岭间的泉，缓缓地流淌在跋涉者的心田；清欢是秋天里农民丰收的笑脸；清欢是母亲看孩子时柔媚的欢颜；清欢是邂逅一本好书时的颦眉静思；清欢是多年未见的故人意外重逢时的相互拥抱。

　　清欢是一份难得的境界，它饱含了对生活的无限热爱和深情。无论是一个人行走，还是群居的相邀，每一片走过的足迹里都有很多的感动，用一种浅喜的生活态度去对待每一份遇见，生活本身便成了清欢。把自己活成悲悯的清欢，其实我们悲悯的并不只是尘世的万物，更多的却是自己那颗躁动而无所适从的心。恍惚只是一眨眼的时间，整个世界就静了，从此我们的世界如一溪流动的清泉，每天都漾动着常活常新的精彩。而人生一旦拥有了清欢的境界，就可以在光阴里穿云破雾，活出一派永远的天真。

　　流年向晚，每个人都在阡陌红尘里独自跋涉，我们都是孤独的舞者，很多人聚了又散，很多青春的故事早就散场。这尘世有太多的不堪和无奈，别让光阴无情地剪裁负累了我们的一生，只要我们愿意在眉间心上浮起一层淡淡的喜悦，纵使只是一苇渡江，也可以抵达幸福的彼岸。把自己活成一棵永远盈动着绿色希望的小草吧，只有这样，我们的生命才会在岁月无情的野火里，年年焕发着春风吹又生的美好和感动。